Ulrich Gilga

Wünsche, die der Teufel erfüllt

Ulrich Gilga

Wünsche, die der Teufel erfüllt
Isaac Kane Nr. 9

1. Auflage, Hardcover-Edition

Alle Rechte bei Ulrich Gilga

Copyright © 2025
by Ulrich Gilga
c/o WirFinden.Es
Naß und Hellie GbR
Kirchgasse 19
65817 Eppstein
https://schreibwerkstatt-gilga.de

Lektorat: Andrea Hagemeier-Gilga | Isabelle Schuster

Cover: Azraels Coverwelten - Azrael ap Cwanderay

Ulrich Gilga in den sozialen Medien:
Homepage: https://schreibwerkstatt-gilga.de/
Facebook: https://facebook.com/UlrichGilgaAutor/
Instagram: https://instagram.com/ulrichgilga/
Amazon: https://amzn.to/3T1Izkn

ISBN: 978-3-98966-041-0

Inhalt

Bereits erschienen	6
Wünsche, die der Teufel erfüllt	7
Hardcover Bonuskapitel	87
Mystische Bücher	88
Hidden Shadow Inspiration	89
Ein Buchladen?	90
Kellerimpression	91
Astronomy	92
Isaac Kanes Leserseite	93
Vorschau	103
Die Baghnakh	105
Zum Autor	107

Bereits erschienen

Ich freue mich, wenn Dir dieser Band gefällt. Hier ein Überblick über die bereits erschienenen oder vorbestellbaren Bände (eBook, Softcover, Hardcover, Hörbuch):
- Im Keller des Ghouls
- Die Hand des Werwolfs
- Die Rückkehr des Gehenkten
- Das Grauen aus dem Bild
- Hotel der Alpträume
- Die Zombie-Brigade
- Rache aus der Vergangenheit
- Die Vampir-Allianz
- Das Grauen schleicht durch Wien (Isaac Kane Sonderband Nr. 1 – Michael Blihall)
- Der gefallene Exorzist
- Wünsche, die der Teufel erfüllt
- Der Tod des Jägers – Teil 1
- Abstieg in die Dunkelheit – Teil 2
- Der vergessene Dämon
- TBD …

Wünsche, die der Teufel erfüllt

Prolog

Irgendwann im Orkus, außerhalb von Zeit und Raum

Der Dämon in Schwarz hatte seine Untergebenen und Leibwachen weggeschickt. Für die geplante Beschwörung musste er unbedingt allein sein. Zu mächtig war der Zauber, den er anwenden würde. Von den Falschen eingesetzt, konnte man ihn gegen ihn selbst wenden.

Lange hatte er recherchiert und in der Historie der dämonischen Heerscharen nach Wesen gesucht, die er für seine Zwecke einsetzen konnte. Sie mussten mächtig genug sein, auch größeren Bedrohungen zu trotzen. Schließlich würden sie es nicht nur mit einfachen Jägern zu tun haben. Wenn seine Vermutungen stimmten, würde der Mann, der diese besondere Waffe seit einiger Zeit trug, bald außer Kontrolle geraten. Eine Waffe, geschmiedet aus seinen Gliedmaßen, die er im Kampf mit ihm verloren hatte. Und daher musste er schneller sein.

Wenn er heute sein Ziel erreichte, dann würde er als Nächstes den alten Mann in seine Gewalt bringen. Fürs Erste war es wichtig, ihn am Leben zu erhalten. Dann würde er ihn töten. Das Wissen des Alten interessierte ihn. Denn er ging davon aus, dass es ihm damit gelingen würde, endlich IHN, den *Herrscher der Welt hinter den Schatten*, vom Thron zu stoßen. Obwohl der Alte nur ein Mensch war, verfügte er über so viele Verbindungen und Informationen, die man nutzen musste.

Er lief durch den dunklen Saal, dessen schmutziger Boden mit dem Blut der Gefolterten bedeckt war. Am Ende des Raumes, direkt unter den großen kirchenähnlichen Fenstern, auf denen dämonische Kreaturen abgebildet waren, stand ein Pult, auf dem ein aufgeschlagenes Buch lag: Das *Tenebris Clamor*. Mit der linken Hand strich er über die Seiten, die aus der Haut uralter Wesen bestanden. Nichts anderes hätte hier die Zeiten so lange überdauern können. Nicht einmal er wusste, wann das Buch erschaffen worden war, und selbst ihm, der über Welten herrschte, bereitete es Unbehagen, es zu benutzen. Aber so ging es ihm mit den meisten Büchern in der *Bibliotheca Abyssi*, die fast alle ein Eigenleben zu führen schienen.

Das *Tenebris Clamor* war ein Werkzeug des Bösen, das Dämonen und ihre Anhänger seit Jahrhunderten benutzten, um Chaos und Dunkelheit zu verbreiten. Der Einband mit seiner seltsamen, lederartigen Substanz, die sich warm und fast lebendig anfühlte, ließ Berührungen nur durch besonders Mächtige zu, und die Symbole und Texte auf den Seiten offenbarten sich nur demjenigen, der bereit war, seinen Geist der Dunkelheit zu öffnen und sich von dem Buch durchdringen zu lassen. Er glaubte nicht an die Gerüchte, dass das Buch das Werk eines gefallenen Engels sei, der die Welt in Finsternis stürzen wollte, und dass es immer wieder seinen Weg zurück in die Wirklichkeit fände, selbst wenn es zerstört würde, auch wenn es ihm in den Momenten, in denen er fast demütig die Seiten berührte, wahr zu sein schien.

Voller Konzentration begann er zu lesen. Es war nicht nötig, die Worte auszusprechen, die geeignet waren, die Dämonen, deren er sich bemächtigen wollte, zu sich zu holen. Es genügte, seinen Willen und die Macht des Buches zu vereinen, um Erfolg zu haben. Die Temperatur sank um ihn herum, und die Dunkelheit, die schon zuvor alles dominiert hatte, wich einer Finsternis, die ein Eigenleben führte. Kräfte zerrten an ihm und bereiteten ihm Schmerzen, und mehr als einmal war er versucht, den begonnenen Plan aufzugeben und die Beschwörung zu beenden. Doch dann hätte ihn das Buch vielleicht getötet. Also machte er weiter. Schreie gellten durch seinen Geist und er konnte nicht einmal sagen, ob er sie ausgestoßen hatte oder ob sie nur seiner Einbildung entsprangen. Einmal war er sich fast sicher, dass der Raum sich in sich selbst drehte und zerberstende Steine in schmerzhafter Agonie aufschrien.

Doch dann war alles vorbei. Unter Stöhnen richtete sich der Dämon in Schwarz auf und sah sich um. Nichts im Raum hatte sich verändert, mit einer Ausnahme:

Hinter ihm standen die Dämonendrillinge und Hexer Bilgrak, Canzool und Zenomis.

Ihre ständig wechselnden Konturen erinnerten in einem Moment an Ghouls, im nächsten an Werwölfe, um dann wieder undefinierbaren Hybriden zu gleichen. Aber das Beste an ihnen war, dass sie durch die Beschwörung seinen Befehlen bedingungslos gehorchen würden.

Gagdrar lächelte und ging mit ausgebreiteten Armen auf sie zu.

1

12. April, 16.30 Uhr

Ben Seaby fegte den Ordner mit den Planungsunterlagen und Architektenzeichnungen vom Tisch.

Dabei spürte der hochgewachsene junge Mann mit den schulterlangen Locken, der am liebsten dunkle Cordhosen und helle Rollkragenpullover trug, die Blicke seiner Freunde Craig Estlick und Zachary Shiner, die seine Aktion vorerst nicht kommentierten. Natürlich verstanden sie seinen Zorn. Schließlich war es Zach selbst gewesen, der erst vor einer halben Stunde zerknirscht von der Bank zurückgekommen war, um ihnen mitzuteilen, dass der Laden, den sie sich ausgesucht hatten, nun doch an einen Mitbewerber gegangen war. Niemand wollte drei Unbekannten Geld leihen, damit sie sich ihren Lebenstraum erfüllen konnten. Tatsächlich hatten Ben und Craig im ersten Moment sogar geglaubt, dass Zach sich einen Scherz mit ihnen erlaubt hatte, was aber auch daran lag, dass man in mit seiner geringen Körpergröße, den früh ausgefallenen Haaren und dem leichten Grinsen, das in seinem Gesicht fest verankert zu sein schien, anfangs oft nicht ernst nahm. Nicht nur Menschen, die Zach nicht näher kannten, sondern auch seine Freunde tappten oft in diese Falle. Im Gegensatz zu Ben, der immer ein wenig in den Tag hineingelebt hatte, und Craig, der mit seiner Nickelbrille und seinem schmalen Gesicht wie ein Bücherwurm aussah, war er der Einzige von ihnen, der knallhart verhandeln und im Notfall rücksichtslos sein konnte. Deshalb führte er auch alle Verhandlungen, die sie für ihre bevorstehende Selbstständigkeit brauchten.

Außerdem war er mit 29 Jahren der Älteste von ihnen, obwohl der Altersunterschied zu Ben nur zwei Jahre betrug und Craig genau dazwischen lag. Sie kannten sich seit über zehn Jahren, als sie sich während ihrer Ausbildung bei einer großen Spedition kennengelernt hatten. Ben und Zachary arbeiteten in der Logistik, Craig in der Buchhaltung. Bei einer Betriebsfeier saßen sie am Ende des Abends zusammen und stellten fest, dass sie alle davon träumten, ihr eigenes Geschäft zu eröffnen. Mit viel Alkohol, ein paar Zigaretten und noch mehr Ideen hatten sie sich sogar einen Namen für den Laden ausgedacht: *The Hidden Shadow.*

Und darauf hatten sie hingearbeitet und vor einiger Zeit den Schritt gewagt, ihren Traum gemeinsam in die Tat umzusetzen. Craig, der von ihnen am meisten verdiente, arbeitete weiterhin Vollzeit, während Ben und Zach ihre Arbeitszeit reduzierten und sich in die Planung vertieften. Sie legten ihr gesamtes Einkommen zusammen und unterstützten sich gegenseitig. Keiner von ihnen konnte familiäre Rückendeckung erwarten; Ben war früh Vollwaise geworden und bei seinen Großeltern aufgewachsen, die nur über eine kleine Rente verfügten; Craig hatte sich mit seinen Eltern überworfen, als er ihnen gesagt hatte, dass er sich mehr für Männer als für Frauen interessiere; und Zach hatte zwar recht wohlhabende Eltern, von denen er aber nichts annehmen wollte.

Und so hielten sie zusammen, hungerten miteinander, ärgerten sich gemeinsam und freuten sich vereint, als sie endlich den Laden ihrer Träume gefunden hatten. Dass es mit den Banken schwierig werden würde, war ihnen klar, aber mit diesem Rückschlag hatten sie nicht gerechnet.

»Es ist einfach nicht fair«, sagte Ben und sammelte frustriert die Papiere ein, die sich um seine Füße verteilt hatten. »So kurz vor dem Ziel und jetzt lassen sie uns hängen.«

Craig fischte ein Blatt vom Boden auf, das unter seinen Stuhl geflogen war. »Ich glaube, solche Rückschläge sind eher die Regel, Ben, und es hat keinen Sinn, sich darüber aufzuregen, obwohl ich auch sauer bin. Was meinst du, Zach?«

Der Angesprochene erhob sich von seinem Stuhl und goss sich eine Tasse Kaffee ein, den die altersschwache Maschine, die in ihrer Küche stand, seit ein paar Stunden heiß hielt. Angesichts des bitteren Geschmacks verzog er das Gesicht, bevor er antwortete: »Leider ist es so. Obwohl ich zugeben muss, dass ich überrascht war. Letztes Mal waren wir doch schon viel weiter und dieser Handlanger des Direktors hatte auch gesagt, dass es nur noch ein paar Formalitäten gäbe, und dann könnten wir den Vertrag unterschreiben. Aber wahrscheinlich ist da auch noch ein bisschen Geld nebenbei geflossen.«

Ben versuchte, die leicht verbogenen Klammern des Ordners wieder geradezubiegen, um ihn zu schließen. »Und was machen wir jetzt? Wir waren so kurz davor, dass keiner von uns an einen Plan B gedacht hat. Das wirft uns um Monate zurück.«

Die beiden Männer zuckten fast synchron mit den Schultern. Aber am Ende würden sie auch diesen Rückschlag wegstecken, der ihr Ziel nicht verhindern, sondern den Weg nur ein wenig verlängern würde.

»Morgen sprechen wir wieder mit den Maklern. Zach, du stellst die Zahlen noch einmal zusammen, vielleicht haben wir ja etwas übersehen, wo wir besser wegkommen. Und Craig, wenn du das nächste Mal die Zahlungen in der Firma buchst, schau doch mal, ob es nicht Firmenkunden bei dir gibt, die wir überreden können, zu investieren. Mehr als Nein können die nicht sagen.«

Craigs Nicken wirkte etwas gekünstelt, aber er würde tun, was Ben ihm aufgetragen hatte. In diesem Moment klingelte es. Stirnrunzelnd stand Zach auf, ging zur Tür und spähte durch den Spion.

Als er öffnete, stand ein großer Mann in einem schwarzen Anzug im Flur und musterte die drei Männer vom Gang aus mit drei schnellen Blicken. Für den Bruchteil einer Sekunde wollte Ben seinem Freund zurufen, er solle die Tür wieder schließen, aber der Moment verging so schnell, wie er gekommen war.

Ungeachtet der Tatsache, dass ihn niemand hereingebeten hatte, betrat der Mann ihre Wohnung und sah sich um, bevor er das Wort an sie richtete: »Guten Tag, meine Herren. Mein Name ist Dag Black, ich bin Immobilienmakler und mein Kontakt bei der Bank hat mir gesagt, dass Sie ein Ladenlokal suchen. Wenn Sie interessiert sind, könnte ich Ihnen noch heute ein Objekt präsentieren, das genau Ihren Vorstellungen entspricht. Wir sollten uns unterhalten.«

2

Gagdrar hatte die Neugier getrieben, sich daran zu erinnern, wie es war, als er als kleiner Dämon auf der Erde wandelte, um die Menschen noch direkt zu beeinflussen. Und so hatte er eines seiner früheren menschlichen Alter Egos wieder zum Leben erweckt, um die notwendigen Taten und Schritte selbst zu vollziehen.

Der Mann mit den Locken, Ben Seaby, sah ihn in seiner Verkleidung als dienstbaren Geist an, zögerte jedoch nicht. »Kommen Sie, Mr. Black, setzen Sie sich.«

Shiner, der kleine Mann mit der Glatze, der ihm die Tür geöffnet hatte, schaute etwas verwirrt, machte dann aber einen Schritt zur Seite, um ihn durchzulassen. Der dritte im Bunde, Estlick, hielt sich im Hintergrund und zeigte keine Reaktion. Innerlich beglückwünschte sich Gagdrar zu seiner Idee; so nah war er seinen zukünftigen Opfern schon lange nicht mehr gewesen. Nickend setzte er sich auf den Stuhl, den Seaby ihm angeboten hatte. Dann nahmen auch die Männer Platz und blickten ihn neugierig an.

»Ich bin froh, dass ich Sie angetroffen habe. Wie ich schon sagte, arbeite ich mit jemandem zusammen, der mich informiert, wenn

Kunden Probleme mit ihrer Bank haben. Ich bin auf Immobilien und schnelle Vermittlung spezialisiert. Habe ich richtig gehört, dass Sie ein Geschäft eröffnen wollten, aber das Objekt, für das Sie sich entschieden haben, heute an jemand anderen gegangen ist?«

»Das ist korrekt«, antwortete Shiner, der offenbar für die organisatorischen Dinge zuständig war. »Darf ich fragen, mit wem Sie gesprochen haben?«

Zu seinem Missfallen bemerkte Gagdrar, dass der Mann kritischer zu sein schien als seine beiden Freunde, die jedes seiner Worte mit Wohlwollen aufsaugten. Unbemerkt sandte er einen weiteren Impuls seines Einflusses aus, und Shiner, der noch einen Satz hinzufügen wollte, schloss augenblicklich den Mund und hörte dem Dämon weiter zu.

»Bitte haben Sie Verständnis, dass ich meine Quellen nicht preisgeben kann. Sagen wir einfach, es gibt jemanden, der daran interessiert ist, dass Sie ein Objekt bekommen, in dem Sie die Wünsche Ihrer Kunden erfüllen können.«

»Das ist doch jetzt nicht so wichtig«, mischte sich Seaby ein. »Entscheidend ist vielmehr, um was für ein Objekt es sich handelt und wie es mit der Finanzierung aussieht. Ihr Kontakt wird Ihnen gesagt haben, dass es nicht nur darum geht, dass jemand schneller war. Wir brauchen auch zusätzliches Geld.«

Gagdrar nickte. »Das ist mir bekannt. Aber auch da kann ich Sie beruhigen. Der Eigentümer des Gebäudes ist daran interessiert, wieder ein Geschäft zu etablieren, und ist bereit, Sie zu unterstützen.«

Der Dämon war mit seiner Leistung zufrieden. Sicher, er hatte kleine Mengen seiner Magie in die Männer fließen lassen, um sie beeinflussbarer zu machen, aber am Ende wollten sie glauben, was er ihnen erzählte. Etwas, das viel aufregender war und mehr Spaß machte, als etwas mit Macht zu nehmen.

»Der Laden liegt in Hampstead. Es ist eine kleine Seitenstraße, aber sie wird von vielen Touristen frequentiert, weil sie die Verbindung zwischen zwei Einkaufszonen ist. Ideal für Ihre Zwecke, denke ich.«

»Wann könnte eine Besichtigung stattfinden?«, mischte sich Craig Estlick zum ersten Mal in das Gespräch ein.

»Und wie hoch wären die Kosten?«, ergänzte Shiner.

»Meine Unterlagen befinden sich im Objekt«, wich Gagdrar aus. »Unten wartet mein Fahrer, um uns zu dem Geschäft zu bringen. Wollen wir?«

Ein weiterer magischer Impuls genügte, und die Männer erhoben sich von ihren Plätzen. Mit einem kurzen telepathischen Befehl, der anschließend auch die Erinnerung der Menschen daran auslöschte, beförderte Gagdrar sich selbst und die drei Männer an ihr Ziel.

3

Der Statthalter war der Einzige, der das Gebäude so sah, wie es wirklich war. Für Gagdrar offenbarte sich das alte, schäbige Haus, so wie es die meisten Menschen im Moment noch wahrnahmen. Ein altes Vorkriegsgebäude aus schmutzigen Ziegeln, links und rechts von Steinmauern begrenzt. Die Tür, die ins Innere führte, war von Kratzern und Rissen durchzogen, und die große Glasscheibe, die den Blick in den leeren Raum dahinter freigab, war teilweise blind und milchig. Dennoch drang ein heller, giftgrüner Schein nach draußen, der wie eine Flüssigkeit die Außenfassade hinunterlief, bevor er über den ausgetretenen Bürgersteig in die Kanalisation floss. Gagdrar lächelte zufrieden und schaute die Männer an.

Er wusste, was sie an seiner Stelle sahen: ein prächtiges Geschäft, dessen Fassade sauber geschrubbte rote Ziegel zeigte. Über der hellen Holztür, die fast zu leuchten schien, prangte ein Schild mit dem Namen *The Hidden Shadow* in goldenen Lettern auf dunkelblauem Grund. Hinter dem Schaufenster befand sich eine noch leere Auslage, die mit schwarzem Samt ausgelegt war, um die zu verkaufenden Waren möglichst edel zu präsentieren. Seaby und Estlick strahlten über das ganze Gesicht, während Shiner an die Scheibe trat, um einen Blick hineinzuwerfen.

Fast gleichzeitig wandten sich die Männer an den vermeintlichen Makler, als den Gagdrar sich ausgegeben hatte.

»Das ist großartig!«, riefen Shiner und Estlick fast simultan aus.

»Wie kommt es, dass es noch nicht vermietet ist?«, fragte Seaby, während sich seine Mundwinkel zu einem fast bizarren Lächeln verzogen. Gagdrar nahm seinen magischen Einfluss ein wenig zurück, damit die Männer sich wieder normal verhielten. Natürlich achtete er darauf, dass sie nicht die Wahrheit hinter der Maskerade entdeckten.

Fast war ihm der Plan selbst zu kompliziert, aber er wollte sichergehen, keine Fehler zu machen und sein Hauptziel, die Vernichtung des Dämonenjägers Isaac Kane, seiner Freunde und der Organisation um Ian West, nicht zu gefährden. Das Geschäft war nur ein Baustein, um die Jäger zu beschäftigen. Opfer aus dieser Konstellation würden wichtige Ressourcen seiner Feinde binden und sie letztlich schwächen. Und die beste Möglichkeit, sich in der Zwischenzeit um andere Dinge zu kümmern, war, die Dämonendrillinge Bilgrak, Canzool und Zenomis zu benutzen. Deshalb hatte Gagdrar sie beschworen und sich untertan gemacht. Aber sie konnten nicht lange außerhalb der schwarzen Dimensionen ohne Wirtskörper existieren. Am sichersten waren Pläne, wenn sie Dinge und Umstände nutzten, die bereits vorhanden waren. Die drei Männer wollten ein Geschäft eröffnen, also würde der Statthalter es ihnen ermöglichen. Dass sie dabei nicht mehr sie selbst waren, sondern nur noch Wirte seiner Handlanger, dass sie den Menschen etwas vorgaukelten, was es nicht gab, um deren Seelen in die Verdammnis zu reißen, das war am Ende das eigentliche Ziel.

Es wurde Zeit. Gagdrar machte eine Handbewegung, und die Tür des Ladens schwang auf. Sofort drang grünes Licht nach draußen, und nun sahen die Männer die schreckliche Wirklichkeit. Für einen Moment zuckten sie zurück, und hätte der Statthalter nicht eingegriffen, wären sie wohl sofort geflohen. Aber mit seiner Macht zwang er sie, mit langsamen Schritten hintereinander das Gebäude zu betreten. Drinnen würden die Drillinge, die hier auf Erden nur als Energie existierten, die Menschen übernehmen und damit beginnen, Gagdrars Plan in die Tat umzusetzen.

»Lasst die Spiele beginnen«, murmelte der Dämon, bevor er sich in den Orkus zurückzog, um die nächsten Schritte einzuleiten.

4

20. April, 17.45 Uhr

Seit zwei Stunden lief Robert Fogerty durch die Straßen von Hampstead, dem Stadtteil, in den er vor drei Monaten mit seiner Freundin Mia gezogen war. Und diese Zeit hatte es in sich gehabt. Nicht nur, dass es Mia schwergefallen war, von Barnsley, der kleinen Bergarbeiterstadt, in der sie aufgewachsen war, in die ›große Stadt‹ zu ziehen, um dort zu arbeiten, auch die Kosten, die das junge Paar für die Wohnung aufbringen musste, führten regelmäßig zu Streitereien. Obwohl ihr Einkommen recht ordentlich war und sie dank ihrer Stellung im öffentlichen Dienst gegen Risiken wie plötzliche Arbeitslosigkeit gefeit waren, bedeutete das nahende Monatsende oft Ebbe in der Kasse.

Und heute war es wieder einmal so weit, dass die finanziellen Möglichkeiten zu einem Konflikt geführt hatten. Wie immer freitags waren sie beide schon am frühen Nachmittag nach der Arbeit zu Hause und hatten zusammen eine Tasse Tee getrunken. Robert, dessen jugendliches Aussehen immer noch dazu führte, dass man ihn beim Kauf von Alkohol gelegentlich nach seinem Ausweis fragte, obwohl er bald dreißig Jahre alt sein würde, saß gemütlich in seiner Ecke des schon etwas abgenutzten braunen Ledersofas, während Mia sich ausgestreckt hatte und ihren Kopf auf seinem Oberschenkel ruhen ließ. Ihre langen dunklen Haare umspielten ihren Kopf und während Robert einen Schluck aus seiner Tasse nahm, spielte er unbewusst mit ihren Strähnen.

»Was ist mit Urlaub dieses Jahr?«, fragte Mia und richtete sich auf, um nach ihrer Tasse zu greifen, die auf dem Beistelltisch neben dem Sofa stand. »In die Sonne und ans Meer? Spanien vielleicht?«

Robert hatte schon befürchtet, dass sie das Thema wieder aufgreifen würde. Erst vor einem Monat hatten sie sich darüber gestritten, dass sie eine Fernreise machen wollte, er aber meinte, sie sollten noch ein Jahr sparen. Aber so war Mia leider – manchmal blendete sie die Realitäten aus, weil sie genau in dem Moment, in dem sie eine Idee hatte, diese auch umsetzen wollte.

»Das Thema hatten wir doch schon. Wir könnten ja mal ein paar Tage ans Meer fahren, vielleicht nach Seagrove oder in einen der umliegenden Orte. Aber eine Fernreise ist einfach nicht drin.«

In dem Moment, in dem er diesen Satz gesagt und dabei unbewusst einen Gesichtsausdruck aufgesetzt hatte, von dem er wusste, dass Mia ihn als Provokation auffasste, war Robert klar geworden, dass er einen Fehler gemacht hatte. Und so war es gekommen, wie es kommen musste. Wieder hatten sie gestritten, wieder hatte Mia gesagt, es sei ein Fehler gewesen, nach London zu gehen, wieder hatte Robert ihr vorgeworfen, sie könne nicht mit Geld umgehen, und wieder hatte es damit geendet, dass sie sich in das kleine Zimmer zurückgezogen hatte, das ihnen als provisorisches Arbeitszimmer diente.

Frustriert hatte Robert seinen Mantel genommen und war auf die Straße gelaufen, um sich zu beruhigen und seine Gedanken zu ordnen. Nach kurzer Zeit hatte er sich wieder gefasst. Am Ende hatte Mia doch recht – sie brauchten wirklich mal ein paar Tage Abwechslung. Vielleicht fanden sie einen Kompromiss in ihren Wünschen. Spontan hatte er überlegt, Mia ein kleines Geschenk zu kaufen, um sie zu besänftigen, und dann gemeinsam mit ihr ein paar mögliche Urlaubsziele aufzuschreiben. Doch das erwies sich als schwieriger, als er gedacht hatte. Sicher, Hampstead war ein interessanter Stadtteil mit engen Gassen und viktorianischen Häusern. Aber die Geschäfte, die es hier gab, waren nicht das, was Robert im Sinn hatte.

Er wollte etwas ganz Besonderes für Mia kaufen, etwas, bei dem man merkte, dass er sich Gedanken gemacht hatte und nicht nur irgendeinen Schnickschnack, um seine Freundin zu besänftigen.

Und so war er durch die Gegend geschlendert, hatte in die Schaufenster langweiliger Läden in den Hauptstraßen und in die Auslagen kleinerer Geschäfte geblickt, um am Ende festzustellen, dass ihn nichts, was er sah, sofort überzeugte. Als er von der Hampstead High den Flask Walk mit seinen kleinen Läden entlangging, von denen ihn keiner begeistern konnte, um zur Back Lane zu gelangen, die er noch nicht erkundet hatte, erinnerte er sich an das kleine Schmuckgeschäft in Mias Heimatstadt, wo er ihr die Ohrringe gekauft hatte, die sie noch heute regelmäßig trug. Natürlich nur vergoldet, und die Perle darin war künstlich, aber an diesem Abend hatten sie zum ersten Mal die Nacht miteinander verbracht. Das Glück, das er empfand, wenn er daran zurückdachte, bereitete ihm beinahe Schmerzen in der Brust.

In der Back Lane angekommen, schien es ihm fast, als würde ihm eine innere Stimme zuflüstern, er solle nach links abbiegen. Das Kopfsteinpflaster der Straße stieg leicht an und Robert konnte sehen, dass das zweite Haus auf der rechten Seite nicht wie die anderen einen kleinen Vorgarten hatte, sondern dass hier Pflastersteine verlegt worden waren, um eine Bank aufzustellen. Hinter der Bank stand ein Schild, auf das jemand kunstvoll den Schriftzug *Juwelier* geschrieben hatte. Darunter war ein Pfeil gemalt, der direkt auf das rote Backsteingebäude auf dem Grundstück wies. Robert ging die letzten Meter und blieb vor dem Haus stehen. Er warf einen kurzen Blick auf die Uhr und stellte erschrocken fest, dass es in wenigen Minuten sechs Uhr abends sein würde, wenn die meisten Geschäfte schlossen. Wenn er jetzt nicht noch etwas fand, würde er mit leeren Händen nach Hause kommen, und das wollte er auf keinen Fall. Sicherheitshalber sah er sich noch einmal um, aber hier gab es keine anderen Geschäfte. Etwas unbehaglich stellte er fest, dass außer ihm niemand auf der Straße war, und als ihn ein kühler Windstoß traf, schlug er fröstelnd den Kragen seines Mantels hoch, in der Hoffnung, hier in dem Schmuckladen etwas zu finden.

Bevor Robert hineinging, überkam ihn ein so starkes Déjà-vu, dass er unwillkürlich zögerte. Sah dieser Laden nicht genauso aus wie der, in dem er die Ohrringe für Mia gekauft hatte? Sicher, die Gebäude, die das Haus umgaben, waren völlig anders, aber wenn er es nicht besser gewusst hätte, wäre er sicher gewesen, dass äußerst talentierte Bauarbeiter das Gebäude entweder nach London transportiert oder hier nachgebaut hatten. Langsam ging er auf die Eingangstür zu und versuchte, seine Erinnerungen wachzurufen. Wie bei dem Laden in Barnsley ging er auf eine dunkelgrüne Tür zu, in deren Mitte sich ein Klopfer aus Messing befand, der einem Löwen mit einem Ring im Maul nachempfunden war, und mit dem man um Einlass bitten konnte. Rechts und links des Eingangs befanden sich kleine Fenster mit halblangen, abgenutzten Vorhängen, unter denen sich jeweils eine Fensterbank mit kleinen Schmuckkissen befand, auf denen verschiedene Gegenstände ausgestellt waren. Robert erinnerte sich, dass die Ohrringe, die er Mia damals geschenkt hatte, direkt auf dem ersten Kissen im rechten Fenster gelegen hatten, und so zog es ihn genau dorthin. Und da lagen sie!

Es war zwar unmöglich, aber die Ohrringe sahen genauso aus wie die, die seine Freundin fast jeden Tag trug. Bei genauerem Hinsehen entdeckte er sogar den kleinen Fehler in einer der Perlen, der ihm erst aufgefallen war, als sie wieder zu Hause waren. Doch Mia wollte sie um jeden Preis behalten. Für den Bruchteil einer Sekunde kehrte die Logik in seine Gedanken zurück. Es konnte doch nicht sein, dass es hier in London einen Laden gab, der von außen und offensichtlich auch vom Sortiment her dem entsprach, den er vor über einem Jahr zum letzten Mal gesehen hatte. Vielleicht war es besser, wenn er jetzt ging und auf das Geschenk verzichtete.

Gerade als er sich umdrehte, öffnete sich von innen die grüne Tür, und die alte Frau, die ihm damals die Ohrringe verkauft hatte, schaute heraus: »Mr. Fogerty, ich habe Sie gleich erkannt, als ich Sie am Fenster gesehen habe. Wollen Sie nicht hereinkommen?«

5

Mia Grants Wut war schnell verflogen. Noch bevor sie hörte, wie Robert die Wohnung verließ, hatte sie sich wieder beruhigt.

Ihr Problem war, dass sie unzufrieden war mit dem, was sie aus ihrem Leben gemacht hatte. Als junges Mädchen hatte sie davon geträumt, Schauspielerin zu werden, und fast ihr ganzes Taschengeld ins *Odeon Cinema* im Stadtzentrum von Barnsley getragen. Besonders beeindruckt war sie, als es ihr gelang, ein paar Mal die Dreharbeiten des Films *Kes* des Regisseurs Ken Loach in Barnsley zu beobachten. Sie schwärmte danach ein wenig für den Hauptdarsteller David Bradley, obwohl sie wusste, dass er erst 15 Jahre alt war, also vier Jahre jünger als sie. Aber sie fand, dass er älter aussah.

Besonders beeindruckte sie die Tatsache, dass es der Hauptfigur im Film ähnlich erging wie ihr. Unzufrieden in den Fängen ihres Lebens, fühlte sie sich zu Höherem bestimmt und wartete bis heute auf die Erfüllung ihrer vermeintlichen Berufung. Inzwischen hatte sie jedoch gelernt, dass es mit Träumen nicht immer so läuft, wie man es sich erhofft – manche hatten Glück und konnten sie verwirklichen. Aber bei den meisten verblassten sie mit der Zeit, während das Leben weiterging und sich die Prioritäten änderten. Natürlich liebte sie Robert und London war großartig. Ihre Jobs waren nicht das, was sie sich für ihr Leben vorgestellt hatte, doch sie waren sicher und gut bezahlt. Aber tief in ihrem Inneren sehnte sie sich stets nach etwas anderem. Etwas zu erleben, das ihren Alltag ein wenig aufhellen und ihr zeigen würde, dass es noch mehr gibt. Und da sie wusste, dass sie nie im Leben Schauspielerin werden würde, war das Reisen eine Alternative. Etwas, das neue Spannung in ihr Leben brachte. Und obwohl sie Robert Recht gab, noch ein wenig zu warten, bis sie sich einen Urlaub ohne schlechtes Gewissen leisten konnten, war sie wütend und enttäuscht gewesen.

Mia sah auf die Uhr. Sie kannte Robert lange genug, um zu wissen, dass bis zu seiner Rückkehr einige Zeit vergehen würde. Da sie keine Lust hatte, ins Wohnzimmer zu gehen, schnappte sie sich das Buch von Patricia Highsmith, das sie gerade las, und machte es sich in dem Sessel bequem, den Robert aus seiner alten Wohnung mitgebracht hatte. Aus der Zeitung hatte sie erfahren, dass bald der nächste Tom-Ripley-Roman erscheinen sollte, und zur Vorbereitung hatte sie *Ripley's Game* noch einmal angefangen. Vor zwei Jahren hatte sie die Verfilmung dieses Deutschen mit Dennis Hopper in der Hauptrolle gesehen, die ihr aber nicht gefallen hatte. In diesem Fall mochte sie das Buch lieber als den Film.

Als sie plötzlich Geräusche aus dem Wohnzimmer hörte, zuckte Mia zusammen. Wie immer hatte sie in der Welt der Bücher die Zeit völlig vergessen. Die Uhr zeigte ihr, dass seit ihrem Streit fast drei Stunden vergangen waren. Robert musste zurück sein, und wahrscheinlich saß er gerade im Wohnzimmer. Aber warum hatte er ihr nichts gesagt? Und was machte er überhaupt dort? Sie hörte ein ständiges Kratzen an der Wand, als würde ihr Freund mit den Fingernägeln über die Tapete fahren. Sie glaubte auch, ein ständiges Murmeln von ihm zu hören, aber sie verstand die Worte nicht.

Wieder spürte sie Ärger in sich aufsteigen. Es wäre so einfach für Robert, zurückzukommen, sie mit einem Kuss zu besänftigen, und sie hätten einen schönen Abend gehabt. Kopfschüttelnd legte sie das Buch zurück ins Regal. Ein kurzer Blick aus dem Fenster zeigte ihr, dass es erneut regnete. Der Wetterbericht hatte eigentlich ein trockenes Wochenende vorhergesagt, aber außer den dicken Tropfen, die gegen die Fensterscheibe prasselten, konnte sie beim Blick nach unten trotz der Entfernung von vier Stockwerken sogar die große Pfütze auf der Straße erkennen, die sich immer vor dem Gully auf der anderen Seite bildete, wenn der Regen eine bestimmte Menge überschritt.

Es war an der Zeit, nachzusehen, was ihr Freund im Wohnzimmer machte. Mit einem gekünstelten Ruck riss sie die Tür auf und machte einen schnellen Schritt ins Wohnzimmer: »Jetzt hab ich dich!«

Für einen kurzen Moment war sich Mia Grant sicher, dass sie noch immer in dem Sessel im Zimmer hinter ihr saß und beim Lesen eingeschlafen war. Anders war das Bild, das sich ihr bot, nicht zu erklären.

Überall an den Wänden befanden sich wirre Symbole, die allein schon beim Anblick ein beklemmendes Gefühl in der Magengegend verursachten. Unfähig zu reagieren, ließ sie ihren Blick durch den Raum schweifen und blieb an Robert hängen, der an der gegenüberliegenden Wand gerade die Zeichnung eines fünfeckigen Sterns vollendete. Irgendwo in ihrem Hinterkopf verriet ihr Gehirn ihr, dass es sich um ein Pentagramm handelte. Wie die anderen Symbole an den Wänden und auf den Möbeln war es mit dunkelroter Farbe gezeichnet, und als sie das Blut sah, das aus den großen Schnittwunden an den Armen ihres Freundes auf den Boden tropfte, wusste Mia auch, womit er die Wände bemalte. Obwohl sie Robert nur von hinten sah, konnte sie erkennen, dass er sich das Blut anscheinend auch ins Gesicht und in die Haare geschmiert hatte, die wild von seinem Kopf abstanden. Noch bevor sie ein Wort herausbringen konnte, fiel ihr etwas anderes auf. Auf dem Beistelltisch im Wohnzimmer lag ein glänzender schwarzer Stein, dessen Form sie an einen roh geschliffenen Diamanten erinnerte.

In dem Moment, als ihr Freund das Pentagramm vollendet hatte und die Arme sinken ließ, erwachte Mia aus ihrer Starre.

»Robert ...«, flüsterte sie, unfähig, mehr zu sagen.

Langsam drehte er sich zu ihr um, und Mia schrie instinktiv auf und ballte die Hände zu Fäusten, als sie seine weit aufgerissenen, gänzlich weißen Augäpfel sah. Ein wahnsinniges Grinsen umspielte seinen Mund und die junge Frau war sich fast sicher, Blut zwischen seinen Zähnen hervorquellen zu sehen. Zitternd wich sie mit kleinen Schritten vor ihm zurück, als er auf sie zukam.

»Was ist denn, mein Schatz?«, sprach er sie an, und die Worte kamen krächzend heraus. »Gefällt es dir nicht? Es ist alles für dich.«

»Was ist mit dir los? Lass mich einen Krankenwagen rufen.«

Kopfschüttelnd ging Robert weiter auf sie zu, und Mia blieb nichts anderes übrig, als noch weiter zurückzuweichen, bis sie das Glas der Fensterscheibe im Rücken spürte. Die Kälte schien sich unangenehm direkt in ihr Herz zu bohren.

»Wir sind beide berufen. Ich bin der Erste und viele werden folgen.«

Mia hatte keine Ahnung, wovon er sprach, aber es war offensichtlich, dass er den Verstand verloren hatte. Erst jetzt wurde ihr klar, dass sie sich in eine Situation manövriert hatte, aus der es kaum ein Entrinnen gab. Irgendwie musste sie Zeit gewinnen.

»Was bedeutet das?«, fragte sie und hatte ihre Angst so weit unter Kontrolle, dass ihre Stimme nur leicht zitterte.

Robert blieb stehen und sah sie an. Mia ekelte sich förmlich vor diesen weißen Augäpfeln ohne Pupille, aber ein Arzt konnte bestimmt helfen.

»Ich zeige es dir!«

Mit diesen Worten breitete er die Arme aus, rannte auf Mia zu, umarmte sie und sprang mit ihr ungebremst durch die Scheibe auf die Straße, die weit unter ihnen lag.

6

7. Mai, 08.30 Uhr

Eine Woche war vergangen, seit der Dämon Ar'ath in Gestalt von Pater Brady unser Hauptquartier angegriffen, drei Menschen getötet und Teile des Gebäudes zerstört hatte[1]. Der Angriff hatte stattgefunden, während mein Partner Patrick Walsh und ich in London unterwegs waren, um einen Leichenfund zu untersuchen, den wir ebenfalls dem Dämon zuschrieben. Wäre Ingrid Green, eine Jägerin aus

---

[1] Siehe Band 8: Der gefallene Exorzist

Chigaco, die Ian West seit ihrer Kindheit kannte und die 1972 an dem fehlgeschlagenen Exorzismus teilgenommen hatte, bei dem sich der Dämon in dem Pater eingenistet hatte, nicht im Hauptquartier bei Diego Garcia gewesen, glaube ich, dass auch er den Angriff nicht überlebt hätte und der Dämon entkommen wäre. So war es ihr gelungen, sich gegen Ar'ath zu verteidigen und den im Kampf schwer verletzten Diego bis zum Eintreffen des Krankenwagens zu versorgen.

Im Moment sah es für uns alles andere als gut aus. Ian West war immer noch verschwunden. Nach unserem Fall gegen die degenerierten Vampire in Crawley[1], bei dem wir Nicolai Byron kennengelernt hatten, einen mächtigen Vampir und Anführer einer Gruppe, die sich *Divini Custodes* nannte. Zu unserer Überraschung erfuhren wir von ihm, dass Ian West, der Leiter unserer Organisation, die sich dem Kampf gegen das Böse verschrieben hatte, seit Jahren mit Byron zusammenarbeitete. Dieser versorgte West mit Informationen über dämonische Aktivitäten, die wir dann bekämpften, was aber auch bedeutete, dass wir letztendlich eine mächtige Vampirsippe beschützten, indem wir deren Feinde eliminierten. Leider hatten wir noch nicht mit West darüber sprechen können, da er seit seinem letzten Treffen mit Byron, das Diego Garcia heimlich beobachtet hatte, nicht mehr gesehen worden war. Parallel zu uns suchte die Polizei nach ihm – ein Vorteil, dass unsere Organisation mit den Behörden zusammenarbeitete.

Diego Garcia lag im Krankenhaus und war in ein künstliches Koma versetzt worden. Im Moment war unklar, ob die Ärzte sein Bein würden retten können. Für eine Operation war er noch zu schwach, und wir wussten nicht, ob die Verletzung durch die dämonische Kreatur nicht etwa sein Gewebe vergiftet hatte. Das Krankenhaus hatte versprochen, uns sofort zu informieren, wenn eine Entscheidung getroffen werden musste. Wie die meisten Jäger hatte

---

[1] Siehe Band 7: Die Vampir-Allianz

Garcia keine direkten Angehörigen, so dass die Organisation alle erforderlichen Maßnahmen veranlassen konnte.

Seit dem Tag des Angriffs durch den Dämon war ich auch an diesem Tag früh in der Zentrale. Wir versuchten, bei den Aufräumarbeiten zu unterstützen, auch wenn inzwischen professionelle Handwerker die Schäden an den Gebäuden und technischen Anlagen beseitigten. Da uns aber Diegos Expertise fehlte und Tom Siegel, eigentlich Ian Wests Leibwächter, sich bereit erklärt hatte, ihn so gut wie möglich zu ersetzen, hatten Pat und ich uns darauf geeinigt, an allen möglichen Stellen zu helfen, solange wir nicht selbst an einem Fall arbeiteten. Schließlich gab es neben der Suche nach West und dem Wiederaufbau unseres Hauptquartiers noch zwei Themen, die uns beschäftigten.

Zum einen war Sara Vincent immer noch in London. Siegel hatte sie auf Wests Befehl hin im Keller der Organisation eingesperrt, da dieser anscheinend davon ausging, dass auch sie den Werwolfkeim ihres Vaters in sich trug[1]. Einen Beweis dafür hatten wir nicht gefunden und so ließen wir sie frei, nachdem Tom uns darüber informiert hatte. Obwohl ich mich sehr gefreut hatte, sie wiederzusehen, war unser Verhältnis sichtlich angespannt und abgekühlt. Aber natürlich mussten wir uns Gedanken darüber machen, ob es nicht doch möglich war, dass sie sich irgendwann in einen Werwolf verwandeln würde.

Das zweite Thema war eines, an dem Diego schon vor den Ereignissen um Pater Brady und Ar'ath gearbeitet hatte. Er hatte einige ungewöhnliche Todesfälle untersucht, bei denen Menschen plötzlich in Raserei verfallen waren und andere und anschließend sich selbst getötet hatten. Bisher gab es noch kein klares Muster, aber einige Informationen von der Polizei und Diegos Instinkt, der Sache auf den Grund zu gehen.

Während Tom versuchte, sich in die Arbeitsweise von Garcia hineinzudenken und gleichzeitig dafür zu sorgen, dass unsere Compu-

---

[1] Siehe Band 1: Die Hand des Werwolfs

ter, die Verbindung zum *ARPANET*[1] sowie unsere Infrastruktur wieder funktionierten, hatte ich mich in ein leeres Büro zurückgezogen, um Garcias Notizen zu dem möglichen Fall durchzusehen, die wir an dem Tag besprochen hatten, an dem Tom uns in den magisch gesicherten Keller der Organisation geführt hatte. Neben mir stand eine Tasse Kaffee. Auf dem Weg hierher hatte ich mir, wie jeden Morgen, ein paar belegte Sandwiches gekauft, von denen eines angebissen auf einem Teller neben mir lag. Pat würde erst am Nachmittag dazukommen, da er noch einen Termin hatte. Während ich mich in die Informationen vertiefte, die auf mehreren Blättern vor mir auf dem Tisch lagen, sprach mich jemand an: »Guten Morgen, Isaac.«

7

Natürlich hatte ich die Stimme erkannt und lächelte Ingrid Green an, als ich meinen Blick von den Papieren auf dem Tisch abwandte. Schon bei unserer ersten Begegnung am Flughafen[2] hatte mich die Frau sehr beeindruckt, und ich hatte mich bei dem Gedanken ertappt, ich hätte sie lieber unter anderen Umständen kennengelernt.

Ingrid, zwei Jahre jünger als ich, war groß, schlank und durchtrainiert. Ihr attraktives, von langen, leicht gewellten hellbraunen Haaren umrahmtes Gesicht hatte einen nordisch herben Ausdruck, der ihrer Attraktivität eine gewisse Strenge verlieh. Wie am Tag ihrer Ankunft trug sie eine enge schwarze Lederhose, die ihre langen Beine betonte. Ich wusste, dass sie sich in London mit frischer Kleidung eingedeckt hatte, denn ihr eigentlicher Plan war es gewesen, früher nach Chicago zurückzukehren. Aber dann hatte sie sich angeboten, dem Team bei der Arbeit zu helfen, was mich sehr gefreut hatte.

Auch heute trug sie ihre abgewetzte Lederjacke und darunter ein schwarzes Shirt, das ihre Figur betonte. Ich wusste, dass sich unter

---

[1] Siehe Band 6: Rache aus der Vergangenheit
[2] Siehe Band 8: Der gefallene Exorzist

der Jacke ein Holster mit zwei Walther PPK mit Schalldämpfern befand, die mit geweihten Silberkugeln geladen waren. Die große Barnett Commando Armbrust, die sie im Einsatz mit einem Riemen quer über den Rücken schnallte und die so umgebaut war, dass sie ein Magazin für mehrere Pfeile mit unterschiedlichen Spitzen aufnehmen konnte, trug sie in der Segeltuchtasche, die sie aus Chicago mitgebracht hatte.

»Guten Morgen Ingrid«, antwortete ich, stand auf und umarmte sie kurz. Obwohl wir uns erst kurze Zeit kannten, hatte sich bereits eine gewisse Vertrautheit zwischen uns entwickelt. »Wie geht es dir? Hast du gut und vor allem genug geschlafen?«

Die Frau lächelte mich an, stellte ihre Tasche zur Seite und nahm sich eines meiner Sandwiches. Wir hatten uns vor ein paar Tagen darüber unterhalten, dass sie seit ihrer Ankunft in London unter Schlafstörungen litt, die sie auf den Jetlag schob. »Es wird langsam besser. Ich glaube, es war der Stress, so unvorbereitet in den Fall hineingezogen zu werden. Außerdem vermisse ich Ian und würde gerne mit ihm sprechen.«

Ingrid hatte inzwischen die gleichen Informationen wie wir, das heißt, sie wusste von Wests Bündnis mit den Vampiren. Wie ich war sie bereit, hier nicht vorschnell zu urteilen, sondern West selbst zu Wort kommen zu lassen. Das hieß aber auch, dass wir ihn aufspüren mussten.

»Ich bin sicher, wir werden ihn bald finden. Soll ich dir einen Kaffee holen?«

Ingrid nickte und folgte mir aus dem Büro, um sich eine von Diegos Akten zu holen. Als ich mit ihrer Tasse zurückkam und sie ihr hinstellte, war sie bereits in die Unterlagen vertieft, machte sich Notizen und kaute geistesabwesend an dem Sandwich. Ich nahm mir vor, sie für den Abend auf einen Drink einzuladen; gleich bei mir um die Ecke hatte ein gemütlicher Pub neu eröffnet – das *Astronomy*. Ein ruhiger Abend würde uns beiden guttun.

8

2. Mai, 10.00 Uhr

David Buckley war froh, dass er gestern seinen Kalender aus dem Büro mit nach Hause genommen hatte. Sonst hätte er den Hochzeitstag wieder vergessen. Und am Abend hätte er abermals die vorwurfsvollen Blicke von Anne ertragen müssen, die dann mit ihrer Mutter telefonieren und sich über ihn beschweren würde. Sicher, er liebte sie, aber manchmal war sie auch äußerst anstrengend. So wie vor drei Monaten, als es um seinen fünfzigsten Geburtstag ging. Obwohl es sein Ehrentag war, ging es fast nur um ihre Wünsche und die ihrer Mutter. Aber Anne war die Liebe seines Lebens, und wenn das bedeutete, sich mit ihren Macken und vor allem mit seiner schrecklichen Schwiegermutter zu arrangieren, dann tat David das. Dass er ihren Hochzeitstag regelmäßig vergaß, lag auch eher daran, dass er sich generell Dinge nicht so gut merken konnte. Also hatte er sich irgendwann hingesetzt und in einen kleinen grünen Taschenkalender alle Daten eingetragen, an die er jedes Jahr denken musste.

Wie immer hatte Anne noch geschlafen, als er heute aufgestanden war, um sich für die Arbeit fertigzumachen. Seit einer Operation vor einigen Jahren musste sie mehrmals in der Nacht aufstehen und hatte daher einen anderen Rhythmus als er. Außerdem war sie nicht an feste Arbeitszeiten gebunden, da sie nicht berufstätig war. Ein Umstand, den David bedauerte, da sie kinderlos geblieben waren und Anne seiner Meinung nach mehr Abwechslung gebraucht hätte als die Treffen mit ihren Freundinnen, die er als ›Kaffeekränzchen‹ bezeichnete, natürlich nie in ihrer Anwesenheit. Auch weil er wusste, dass die Frauen sich für wohltätige Zwecke engagierten.

Der Himmel war klar und David beschloss, nicht die U-Bahn zu nehmen, sondern zu Fuß ins Büro zu gehen. Manchmal zog er den etwa dreißigminütigen Fußweg der kurzen Fahrt unter der Erde vor, vor allem, wenn er noch etwas zu erledigen hatte. Und schließlich brauchte er noch ein Geschenk. Auch wenn es kein ›runder‹ Ehrentag war, wollte er diesmal mehr mitbringen als die üblichen Blumen, die nach drei Tagen die Köpfe hängen ließen, und die Schachtel Pralinen, von denen er am Ende sowieso den Großteil selbst aß. Fröhlich schlenderte er an verschiedenen Geschäften vorbei, ließ sich treiben, um sich von etwas Besonderem überraschen zu lassen. Am Ende des Flask Walk überlegte er, ob er die kleine Verbindung zur nächsten Hauptstraße nehmen sollte, entschied sich dann aber dagegen und bog in die Back Lane ein. Hier war er noch nie gewesen und fast hatte er das Gefühl, nicht ganz freiwillig diesen Weg eingeschlagen zu haben, aber der Gedanke verflog so schnell, wie er gekommen war. Rasch wurde ihm klar, dass er hier nichts finden würde. Achselzuckend ging er das leicht ansteigende Kopfsteinpflaster entlang, als er sah, dass er sich geirrt hatte. Hier gab es doch einen Laden, aber irgendetwas daran verwirrte ihn.

Von der Straße ging ein schmaler Weg ab, der zu beiden Seiten von geschnitzten Tierfiguren gesäumt war und an einer Glastür endete, hinter der ein Vorhang aus bunten Perlen hing. Langsam steuerte er auf die erste Figur links zu und legte eine Hand auf das dunkle Holz. Der Künstler hatte aus einem Baumstamm einen Bären geschnitzt, der nicht furchterregend, sondern freundlich aussah. Und in diesem Moment wusste David, dass er all diese Figuren kannte. Plötzlich erinnerte er sich an die Zeit, als er in der vierten Klasse einmal im Monat schon während des Unterrichts so unruhig gewesen war, weil Mr. Johanson die neuen Sammelbilder bekommen hatte. Den ganzen Tag hatte er mit der linken Hand in der Hosentasche mit den Pennys gespielt, die er von seinem Taschengeld beiseitegelegt hatte. Man wusste nie, was der Monat bringen würde. Mal waren es Indianer, mal Soldaten, mal Tiere aus dem Dschungel. Damals hatte er auch die Skulpturen gesehen und kurz berührt, obwohl sie ihn, den Zehnjährigen, der er damals war, noch überragten. Aber das war unmöglich.

Verwirrt blickte David den Weg entlang und stellte fest, dass auch hier die Pflastersteine dort endeten, wo man *Johansons Toys* betreten konnte. Fasziniert ging er auf die Tür zu und war sich sicher, dass das Muster der Perlen, die Mr. Johansons Frau selbst aufgefädelt hatte, identisch war. Instinktiv umrundete er den vorletzten Pflasterstein auf der rechten Seite, denn er wusste, dass sich darunter eine Vertiefung befand, die von einem heftigen Regenschauer herrührte. Die beiden Schaufenster wirkten etwas trüb, aber David war sich trotzdem sicher, dass das Spielzeug dahinter dem entsprach, was er in Erinnerung hatte. Erst jetzt merkte er, wie trocken sein Mund war, und er schluckte einmal. Schmerzhaft schnürte sich ihm die Kehle zu. Er musste einen Blick in den Laden werfen.

Mit einer Hand griff er nach dem Türknauf. Fast beiläufig merkte er, dass seine Finger ein wenig zitterten, aber dann gab er sich einen Ruck und drückte die Tür auf. Etwas muffige Luft schlug ihm entgegen, und wie in seiner Erinnerung lag das Innere des Geschäfts ein wenig im Halbdunkel, weil Mr. Johanson billige Glühbirnen verwendet hatte.

In dem Moment, als David Buckley den ersten Schritt hinein machte, tönte ihm die tiefe Stimme entgegen, die ihn schon als Kind fasziniert hatte: »Schön, dass du da bist, David. Die neuen Sammelbilder sind da.«

9

»Ich glaube, ich habe einige Übereinstimmungen gefunden, Isaac.«

Ich blickte von den Unterlagen auf und rieb mir die Augen. Obwohl der Kaffee inzwischen kalt geworden war, stürzte ich ihn in einem Zug hinunter und sah auf die Uhr. Es war fast Mittag. Vor uns lagen weitere Akten und einige handschriftliche Notizen, die uns ein Stück weitergebracht hatten.

»Was meinst du?«, fragte ich zurück und Ingrid schob mir einen Polizeibericht über den Tisch.

»Siehst du das hier? An allen Tatorten waren Zeichen mit Blut an den Wänden. Blut, das von den Tätern stammt, die sich selbst verletzt haben. So war es bei Grant und Fogerty und anscheinend auch bei den Buckleys. Der einzige Unterschied in diesem Fall war, dass der Nachbar die Schreie der Frau hörte und dazwischen ging. Buckley hat ihn dann verfolgt und sie sind beide vor den Lastwagen auf die Straße gelaufen. Deshalb wurde es uns nicht gemeldet.«

Ich lächelte, als mir bewusst wurde, dass Ingrid ›uns‹ gesagt hatte, so als ob sie bereits Teil der Organisation wäre und nicht eigentlich zurück nach Chicago wollte. »Sonst noch Gemeinsamkeiten? Jetzt, wo du es sagst – das stand auch in den Unterlagen der anderen drei Fälle, die ich untersucht habe. Es tut mir leid. Ich habe nicht gut geschlafen und mir gehen andere Dinge durch den Kopf.«

»Nicht direkt. Ich glaube, wir müssen uns die Tatorte ansehen. Da muss noch etwas sein, was die Polizei übersehen hat.«

Hier stimmte ich Ingrid zu. Ich wollte warten, bis mein Partner eintraf und dann mit ihm rausfahren. Bevor ich etwas sagen konnte, steckte Tom Siegel seinen Kopf durch die Tür.

»Isaac, Telefon für dich. Ich habe das Gespräch auf Ians Apparat gelegt.«

Ich nickte Ingrid zu, die sich weiter mit Diegos Notizen beschäftigte, ging in Wests Büro und schloss die Tür hinter mir, bevor ich den Hörer abnahm.

»Hallo«, sagte ich und wartete auf eine Antwort.

Die Leitung blieb einen Moment lang still, dann hörte ich Sara Vincents Stimme: »Guten Morgen, Isaac. Wie geht es dir?«

Es war seltsam. Noch vor zwei Wochen, als wir Sara aus dem Keller der Organisation befreit hatten[1], hatte ich mir große Sorgen um sie gemacht und eine Verbundenheit mit ihr gespürt, obwohl wir seit den Ereignissen auf Vincent Manor[2] nur telefoniert hatten. Aber dann waren zwei Dinge passiert. Zum einen hatte ich eine gewisse Kälte bei Sara wahrgenommen, als wir sie freiließen und ich sie vorher einem Test mit der Baghnakh unterzogen hatte. Aber das war notwendig gewesen, weil die Gefahr bestand, dass sie den Werwolf-

---

[1] Siehe Band 8: Der gefallene Exorzist
[2] Siehe Band 1: Die Hand des Werwolfs

keim ihres Vaters in sich trug.

Und dann erschien Ingrid Green auf der Bildfläche. Auch wenn ich mir etwas anderes einzureden versuchte, fühlte ich mich zu ihr hingezogen und war mir sicher, dass es ihr genauso ging. Wir waren auf einer Wellenlänge und ich wollte mehr über diese interessante Frau erfahren.

»Hallo Sara, schön, dass du anrufst. Wichtiger ist, ob es dir gut geht. Warum hast du dich nicht früher gemeldet?«

»Ich brauchte etwas Abstand. Entschuldige bitte. Hier im Hotel kann ich zur Ruhe kommen. Ich habe ein paar Freunde zu Hause angerufen, die sich um die Dinge kümmern, die auf Vincent Manor zu erledigen sind. Vielleicht können wir in den nächsten Tagen mal zusammen essen gehen.«

Sara wusste nichts von Ingrid, denn die war erst in London angekommen, nachdem wir Sara aus ihrer Zelle entlassen hatten und sie ins Hotel gezogen war.

»Das wäre schön«, antwortete ich, merkte aber, dass meine Stimme einen eher neutralen Ton angenommen hatte, und hoffte, dass Sara das nicht missverstehen würde. »Kann ich irgendetwas für dich tun?«

»Ja, es gibt etwas, und deshalb rufe ich an. Eigentlich wollte ich direkt mit Diego Garcia sprechen, aber er liegt ja leider im Krankenhaus. Ich hoffe, er wird wieder gesund.«

»Danke, das hoffen wir alle. Worum geht es?«

»Ich weiß, dass Ian West damals Informationen über meinen Vater hatte. Ich hatte gehofft, ihr könntet mal nachschauen, ob es da noch mehr zu finden gibt. Vielleicht Historisches. Warum war mein Vater diese Bestie? Warum bin ich es nicht? Wie ist das passiert? Es würde mir sehr helfen, wenn ich da mehr wüsste. Kannst du bitte mal nachsehen, ob du da etwas findest?«

Ich zögerte einen Moment, denn ich war sicher, dass West und Garcia damals alles Relevante zutage gefördert hatten, aber ich wollte Sara nicht enttäuschen. »Natürlich. Im Moment arbeiten wir noch an einem Fall, aber danach werde ich mich darum kümmern. Habe ich das richtig verstanden, dass du noch eine Weile in London bleibst?«

»Ja. Ich werde auf jeden Fall warten, bis ich von dir höre. Die Nummer hier vom Hotel hat Mr. Siegel, falls du mich erreichen willst. Und wir wollen ja auch essen gehen.«

Ein Klicken in der Leitung verriet mir, dass Sara aufgelegt hatte.

10

Simon Ryan wusste nicht, wie lange er schon vor dem Laden in der Back Lane stand.

Eigentlich hätte er schon längst in der Firma sein sollen, um die Jubiläumsfeier für Rosi vorzubereiten, die Ende des Monats in den Ruhestand gehen würde. Er hatte versprochen, sich darum zu kümmern, denn er kannte Rosi am längsten von allen und arbeitete seit über dreißig Jahren mit ihr zusammen. In drei Jahren würde er selbst aus dem Berufsleben ausscheiden und nur noch tun, was er wollte. Nicht, dass er viele Hobbys hätte, die dann auf ihn warteten. Ryan hatte nie geheiratet, und abgesehen von den Dartturnieren, die einmal im Monat in seiner Stammkneipe stattfanden und an denen er teilnahm, hatte er kaum andere Interessen. Fernsehen, ein paar Bücher und der Besuch bei einer Prostituierten, den er sich alle paar Monate gönnte, waren ihm genug.

Da Simon nie einen Führerschein gemacht hatte und seine Wohnung in der Nähe seines Arbeitsplatzes lag, ging er wie immer zu Fuß. Eigentlich lag die Back Lane nicht auf seinem Weg, aber aus Gründen, die er sich nicht erklären konnte, hatten seine Füße den Weg in die schmale Straße genommen und waren der leichten Steigung auf dem Kopfsteinpflaster gefolgt. Dann hatte er den Laden entdeckt. Schmerzhaft hatte sein Herz vor Aufregung schneller geschlagen, als ihm bewusst wurde, was er vor sich sah.

Als er ein Kind war, hatte sein Onkel einen kleinen Laden gehabt, in dem es alles für den täglichen Bedarf gab. Ob Lebensmittel, Briefmarken, Knöpfe, einfaches Werkzeug oder die Tageszeitung – sein Onkel bot das an, was die meisten Menschen regelmäßig brauchten. Besonders fasziniert war Simon von zwei Fässern gewesen, die im Schaufenster standen und von denen eins eingelegte Gurken enthielt. Er erinnerte sich, dass außen am Fass ein Metallschild mit einer Zeichnung des Gemüses angebracht war. Simon mochte keine Gurken, aber das Fass hatte es ihm angetan. Im Schaufenster auf der anderen Seite lagen immer ein paar Blechspielzeuge zwischen den etwas unordentlich arrangierten Dingen, die sein Onkel anbot. Der Laden zeichnete sich nicht durch eine liebevolle Dekoration aus, aber Simon mochte ihn und saß oft nach der Schule in dem kleinen Raum hinter der Theke, lutschte ein Lakritzbonbon und machte seine Hausaufgaben, bevor seine Mutter von der Färberei nach Hause kam. Wie bei vielen anderen Kindern war sein Vater 1916 in der Schlacht an der Somme gefallen.

Und nun stand er hier, ein erwachsener Mann, der sich mit Tränen in den Augen an seine Kindheit erinnerte, und sah vor sich ein genaues Ebenbild dieses Ladens. Es konnte nur ein Ebenbild sein, schließlich wurde die ganze Straße 1941 durch den deutschen Bombenhagel dem Erdboden gleichgemacht. Mit kleinen Schritten ging er auf die Tür zu. Sein Verstand, der ihm eben noch versichert hatte, es könne sich nur um eine Vision oder eine Kopie handeln, machte ihn nun darauf aufmerksam, dass selbst kleinste Details, an die er sich nicht mehr erinnerte, identisch waren. Seien es die Kratzer an der Holztür, die Spuren eines Einbruchversuchs waren, die feinen Risse im Fundament des Hauses, die von Jahr zu Jahr etwas größer geworden waren, oder eben das Gurkenfass, das genau so im Schaufenster stand, wie Simon es in Erinnerung hatte. Er spürte, wie seine Hände zu zittern begannen, und ballte sie zu Fäusten.

In diesem Moment öffnete sich wie von Geisterhand die Eingangstür des Ladens und er konnte einen Blick hineinwerfen. War da nicht der Tresen mit der Glasplatte, unter der sein Onkel Taschenmesser zum Verkauf anbot? Und das Licht dahinter – das musste das Zimmer sein, das er so gut kannte. Noch einmal machte er einen Schritt, doch dann hielt er inne, als sein Kopf ihm eine letzte Warnung schickte. Das alles konnte nicht real sein. Vielleicht hatte er einen Unfall gehabt, lag im Koma und träumte das alles nur. Aber hätte er dann auch die Geräusche der Nebenstraßen gehört?

Seine Beherrschung brach vollends zusammen, als er aus dem Inneren die Stimme seines Onkels hörte: »Simon, komm endlich rein. Das Essen ist fertig und ich habe eine neue Lieferung Lakritze bekommen.«

11

Inzwischen war es früher Nachmittag. Ingrid und ich saßen mit Tom beim Essen, wir hatten Pat angerufen und ihm gesagt, wo wir waren.

Konsequent hatten wir versucht, nicht über unsere aktuellen Recherchen zu reden, sondern ein wenig Normalität in unser Gespräch zu bringen. Ingrid hatte einige Dinge aus ihrer Vergangenheit erzählt und davon, wie ihr Vater schon in Deutschland als Jäger aktiv gewesen war, bevor die Familie vor den Nazis floh[1]. Ich hatte mich während des Gesprächs zurückgehalten und versucht, meine momentane Gefühlslage zu verstehen, besonders nach dem Telefonat mit Sara. Schließlich beschloss ich, alles auf mich zukommen zu lassen.

Irgendwann kamen wir auf Diego zu sprechen. Es gab noch keine Nachricht aus dem Krankenhaus und wir wussten nicht, was das zu bedeuten hatte. Im Laufe der Unterhaltung brachte Ingrid dann einen Punkt ins Spiel, über den weder Tom noch ich in der ganzen Aufregung nachgedacht hatten.

»Ist er eigentlich sicher im Krankenhaus?«, fragte sie plötzlich.

Für einen Moment entstand eine fast unangenehme Stille, bevor Tom antwortete: »Im Moment sind zwei Polizisten vor Ort, aber das sind ganz normale Beamte. Wir könnten natürlich noch jemanden schicken, aber darüber habe ich noch gar nicht nachgedacht.«

---

[1] Siehe Band 8: Der gefallene Exorzist

»Vielleicht mache ich mir zu viele Gedanken«, sagte Ingrid leise. »Soll ich später im Krankenhaus nach dem Rechten sehen?«

Ich nickte. »Eine gute Idee. Pat und ich können uns die Tatorte ansehen, und ihr beide schaut weiter durch die Unterlagen, bis Ingrid zu Diego fährt.«

Der Kellner räumte den Tisch ab und wir bestellten jeder noch einen Espresso. Während wir darauf warteten, betrat mein Partner Pat Walsh das Restaurant und setzte sich zu uns. Heute hatte er zu seinen Jeans und Arbeitsstiefeln, die er immer trug, ein knallrotes Flanellhemd gewählt, das einen etwas beißenden Kontrast zu seiner olivfarbenen Funktionsjacke bildete. Nachdem er uns alle begrüßt hatte, bestellte er für sich einen Kaffee.

»Hätten wir auf dich warten sollen?«, fragte Tom.

»Nein, ich habe unterwegs gegessen. Bei einem kleinen Chinesen. Gut, nicht so teuer und ordentliche Portionen. Der Kaffee ist dann der Abschluss. Wie weit seid ihr? Was sind die nächsten Schritte?«

Ich berichtete Pat, was Ingrid herausgefunden hatte. Die offensichtlichen Ähnlichkeiten der Fälle mit den Symbolen, die mit Blut an die Wände geschrieben waren. Wie wir war auch er der Meinung, dass wir uns die Tatorte ansehen sollten.

»Kommst du mit?«, fragte er Ingrid, was ein leichtes Grummeln in meinem Magen auslöste. Ich wusste, dass mein Partner ein Frauentyp war, auch wenn keine seiner Beziehungen lange hielt. Ob es schon Eifersucht oder nur Sorge war, konnte ich nicht sagen.

»Nein, ich werde erst mit Tom ein paar Papiere durchgehen und dann zu Diego ins Krankenhaus fahren. Nachsehen, ob er dort sicher und gut untergebracht ist. Vielleicht versuchen, ein paar Informationen von den Ärzten zu bekommen. Wir können dann später sprechen.«

Pat nickte und sah mich an. »Wo fangen wir an?«

»Du erinnerst dich doch, dass Diego an dem Tag, an dem Tom uns über Sara im Keller informiert hat, von seinen Nachforschungen erzählt hat? Der erste Fall scheint der zu sein, wo Robert Fogerty sich und seine Freundin Mia Grant umgebracht hat, indem er mit ihr aus dem Fenster gesprungen ist. Da fahren wir zuerst hin. Und dann zu den Buckleys.«

»Viel Erfolg«, sagte Tom und legte das Geld für die Rechnung auf den Tisch. »Lasst uns zwischendurch telefonieren, wenn es etwas Neues gibt.«

12

Wir hatten beschlossen, dass Pat fahren sollte. Ich hatte meinen Wagen im Hauptquartier gelassen und Ingrid würde später damit ins Krankenhaus fahren. Wie alle Jäger hatte auch Pat seinen Vauxhall Carlton von der Organisation zur Verfügung gestellt bekommen. Die Autos waren auf dem neuesten Stand der Technik und identisch ausgestattet. Mittlerweile hatten wir sogar Autotelefone in unseren Fahrzeugen, die zwar nicht immer funktionierten, uns aber das Leben erleichterten. Bei den Autos war eine ähnliche Entscheidung getroffen worden wie bei unseren Waffen. Jeder von uns besaß einen Colt M1911 und musste darauf achten, immer genügend geweihte Silberkugeln im Kofferraum zu haben. Damit sollte sichergestellt werden, dass es keine Probleme gab, im Bedarfsfall auf die Ausrüstung eines anderen Jägers zurückgreifen zu müssen.

Neben dem Colt führte ich als einziger Jäger die Baghnakh mit mir – die Tigerkralle, die mir Chris van Buren bei unserem ersten gemeinsamen Einsatz mitgebracht hatte[1]. Eine mächtige Waffe, geschmiedet aus flachem, handbreitem Eisen. An den Seiten waren Ringe angebracht, um sie wie einen Schlagring führen zu können. Am unteren Ende befand sich ein geschwungener silberner Dolch, der mit mythologischen Zeichen verziert war. Wenn man die Kralle in der Hand hielt und die Faust ballte, zeigte der Dolch nach unten. Eine Besonderheit war der Teil, der in der Hand verborgen blieb, wenn man die Finger schloss. Normalerweise waren auch hier eiser-

---

[1] Siehe Band 2: Die Rückkehr des Gehenkten

ne Spitzen oder Klingen angebracht, aber hier waren schwarze, geschwungene Krallen montiert, die Ian West aus der Klaue des Dämons Gagdrar entfernt hatte, nachdem ich sie ihm abgeschlagen hatte[1]. Seitdem verfolgte mich der Dämon mit all seinem Hass.

Zum Ausgleich hatte ich Pat Walsh eine Waffe meines Vaters überlassen. Ein silbernes Kurzschwert, ebenfalls mit Symbolen versehen. Eigentlich gehörte noch ein passendes Beil dazu, aber das hatten wir verloren, als Pat es Gagdrar in die Brust schleuderte, um mich zu retten[2]. Wir waren sicher, dass wir die Waffe wiedersehen würden und hofften, dass sie dann nicht gegen uns eingesetzt würde.

Die Wohnung von Robert Fogerty und Mia Grant befand sich in Hampstead. Tom hatte dafür gesorgt, dass wir die Schlüssel in die Zentrale geschickt bekamen, daher hatten wir diese und die von den Buckleys dabei. Unsere Hoffnung war, bereits in den beiden Wohnungen, in denen die Verbrechen ihren Anfang und im Fall von Fogerty und Grant auch ihr Ende genommen hatten, etwas zu finden, das uns weiterbringen würde.

»Wonach suchen wir?«, fragte Pat, während er den Wagen die letzten Meter zum Haus lenkte und bereits nach einem Parkplatz Ausschau hielt.

»Ich weiß es nicht. Die Symbole mit dem Blut sind eine Gemeinsamkeit. Aber ich hoffe, wir finden noch etwas. Das könnte wieder so ein Fall sein, bei dem wir die ganze Zeit einen Schritt hinterherhinken.«

»Hoffentlich nicht. Übrigens, greif mal hinter meinen Sitz. Ich habe etwas gekauft, das uns jetzt helfen könnte.«

Ich folgte der Anweisung meines Partners und bekam einen Lederriemen zu fassen. Als ich ihn festhielt und meinen Arm wieder nach vorne zog, sah ich, dass der Riemen an einer zusammengeklappten Polaroid SX-70 Sofortbildkamera befestigt war. Beeindruckt pfiff

---

[1] Siehe Band 1: Die Hand des Werwolfs
[2] Siehe Band 4: Hotel der Alpträume

ich, klappte die Kamera auf und bewunderte ihr zeitloses Design und die schwarz-weiße Farbgebung.

»Was hältst du davon, Isaac? Ist doch gut für eine Tatortuntersuchung, wo wir versuchen müssen, Übereinstimmungen zu finden.«

»Eine großartige Idee. Wie lange hast du die Kamera schon? Du hast noch nie etwas davon erzählt. Die kostet ja auch ein bisschen.«

Pat hatte einen Parkplatz gefunden und zog den Zündschlüssel ab.

»Ich habe sie schon seit ein paar Monaten. Aber ich bin noch nie auf die Idee gekommen, sie dienstlich zu benutzen. Bisher hat sie nur ›private Fotos‹ gemacht.«

Ich schüttelte den Kopf, als ich Pats Unterton hörte und das Lächeln um seine Mundwinkel sah. »Dann nimm sie mit. Wir sind zum Arbeiten hier.«

Auf der Straße blickte ich zuerst zum Haus hinauf. Laut Polizeibericht war Fogerty mit seiner Freundin aus dem vierten Stock in die Tiefe gesprungen. Dabei hatte er sie fest umklammert und auch nicht losgelassen, als sie auf dem Pflaster aufschlugen. Schon von der Straße aus konnte ich sehen, dass jemand die zerbrochene Scheibe mit einer Holzplatte verschlossen hatte. Auf der Straße waren keine Spuren mehr zu sehen. Pat hatte inzwischen die Haustür aufgeschlossen und ich folgte ihm. Im Treppenhaus roch es nach Bohnerwachs und kaltem Kohl. Das Haus hatte, seinem Alter entsprechend, keinen Aufzug und die knarrenden Stufen der Holztreppe waren höher als in modernen Häusern. Schweigend gingen wir nach oben, wobei ich sicherheitshalber nach der Tigerkralle griff, die im Holster unter meiner Jacke gegenüber dem Colt steckte. Wenn sie warm wurde, war das ein Zeichen für schwarzmagische Aktivitäten, aber das Metall blieb kalt. Im dritten Stock öffnete sich kurz eine Tür, als wir vorbeigingen, wurde dann aber schnell wieder geschlossen. Hier schien niemand mit uns reden zu wollen.

Oben angekommen, zog Pat seine Waffe, während ich die Haustür öffnete. Obwohl wir nicht mit einem Angriff rechneten, waren wir immer vorbereitet. Aber alles blieb ruhig. Zimmer für Zimmer untersuchten wir die Räume, bis wir uns schließlich dem Wohnzimmer zuwandten. Hier schien alles begonnen zu haben. Überall an den Wänden waren mit Blut geschriebene Symbole zu sehen. Die Untersuchung hatte ergeben, dass Fogerty sie offenbar mit seinem eigenen Blut gemalt hatte. Alles beherrschend war an einer freien Wand ein Pentagramm, von dem das Blut in langen Bahnen heruntergelaufen und inzwischen dunkel eingetrocknet war. Nach den Spuren auf dem Boden zu urteilen, war Fogerty von hier aus in das Zimmer gegangen, in dem seine Freundin stand, und dann mit ihr in die Tiefe gesprungen.

Hinter mir hörte ich das Klicken, als Pat die Fotos machte. Nachdem er sie aus der Kamera geholt hatte, legte er sie auf einen Beistelltisch im Wohnzimmer, der die Verwüstung einigermaßen unbeschadet überstanden hatte. Wir würden sie mitnehmen, wenn wir die Wohnung der Buckleys untersuchen würden.

»Was meinst du, Isaac? Hilft uns das?«

Ich schüttelte den Kopf und war genauso frustriert wie mein Partner. Der Besuch hatte nichts gebracht. »Vielleicht finden wir eine Verbindung in der nächsten Wohnung. Wollen wir fahren?«

Pat nickte, legte die Fotos vorsichtig zusammen und zögerte dann einen Moment. »Was glaubst du, was das ist?«

Er deutete auf einen glänzenden schwarzen Stein, dessen Form an einen roh geschliffenen Diamanten erinnerte und um den er zuvor die Fotos verteilt hatte.

»Vielleicht haben sie so etwas gesammelt.«

»Und wo sind dann die anderen? Wir nehmen ihn besser mit.»

»Warte«, sagte ich, als Pat danach greifen wollte. Kurz drückte ich das Metall der Tigerkralle gegen den Stein, aber es passierte nichts. »Gut, dann lass uns gehen.«

13

»Erzähl mir noch einmal, was du mit Ingrid über den Fall der Buckleys besprochen hast.«

Wir waren auf dem Weg zum nächsten Tatort, an dem David Buckley seine Frau Anne getötet hatte, der Fall dann aber eine andere Wendung als bei Fogerty und Grant genommen hatte. Während Pat den Wagen zu unserem Ziel lenkte, brachte ich ihn auf den neuesten Stand.

»Vieles ist ähnlich wie vorhin. Die Wohnung war mit Symbolen übersät, gemalt mit Blut, das David aus sich selbst zugefügten Wunden gewonnen hatte. Nach den Ermittlungen der Polizei und den Aussagen der Nachbarn hatte man Schreie der Frau gehört. Es gab ein oder zwei Leute, die die Polizei riefen, aber ein Mann, wohl ein ehemaliger Straßenbauer, der schon in Rente war, versuchte einzugreifen. Er hat zuerst an die Tür geklopft, aber als die Schreie immer lauter wurden, hat er sie aufgebrochen. Niemand sah, was in der Wohnung geschah, aber einige Minuten später kam der Mann blutüberströmt und mit Schnittwunden am Körper und im Gesicht aus der Wohnung gerannt. Eine Frau sagte aus, sie habe noch nie einen solchen Ausdruck der Angst auf dem Gesicht eines Menschen gesehen. Kurz darauf folgte ihm Buckley, der einen noch verrückteren Eindruck machte. Durch den Spion in ihrer Tür sah die Frau, dass auch er voller Blut war und dass sogar sein Haar von Blut getränkt war.«

Ich machte eine kurze Pause, als sich mein Magen ein wenig zusammenzog, weil mir klar wurde, dass uns dieser Tatort gleich erwarten würde. Ich hatte zwar im letzten Jahr, seit Ian mich in die Organisation geholt hatte, schon einiges gesehen, aber an das Leid, das die Kreaturen der Finsternis in die Welt der Menschen brachten, würde ich mich nie gewöhnen.

»Und dann? Da war doch der Unfall auf der Straße, oder?«, fragte Pat und bog in die Straße ein, die unser Ziel war.

»Ja. Das ist auch der Grund, warum die Polizei zunächst keinen direkten Zusammenhang gesehen hat. Der Nachbar rannte aus dem Haus, aber Buckley, der jünger und wohl auch schneller war, hatte ihn schnell eingeholt. Auf dem Bürgersteig war zu dieser Zeit nicht viel los, und offenbar hatte der Mann sich zum Kampf gestellt. Aber das Problem war offenbar der Verkehr. Du siehst ja, wie viele Lastwagen hier unterwegs sind. Buckley sprang auf den Mann zu und rammte ihm ein Messer ins Herz, was zum sofortigen Tod führte. Durch den Schwung fielen die Männer auf die Straße, und der Fahrer einer Brauerei, die die umliegenden Pubs mit Fässern beliefert, konnte nicht mehr bremsen und überfuhr die beiden.«

Mein Partner verzog das Gesicht, während er rückwärts in eine Parklücke fuhr, nur wenige Meter von unserem Ziel entfernt. »Schreckliche Sache. Und du hast doch gesagt, es gibt noch Aufzeichnungen aus anderen Wohnungen, die wir uns im Notfall ansehen sollten?«

Ich nickte. »Wenn wir hier nichts finden, werden wir das wohl machen müssen.«

Pat hatte die Kamera beim Aussteigen wieder an sich genommen. Die Wohnung der Buckleys lag im Erdgeschoss eines dreistöckigen Hauses, in dem insgesamt fünf Parteien lebten. Die Frau, die durch den Spion geschaut hatte, wohnte David und Anne gegenüber, der Nachbar, der zu Hilfe geeilt war, darüber. Auch hier war auf der Straße nichts mehr von der Tat zu sehen, nur ein paar Blumen und eine abgebrannte Kerze, die jemand in den Eingang gestellt hatte, deuteten darauf hin, dass hier etwas geschehen war. Mithilfe des Schlüssels verschafften wir uns Zugang zum Eingangsbereich. Eine Besonderheit war hier, dass der Flur mit einem groben, pflegeleichten Teppichboden ausgelegt war, die Blutspuren jedoch nicht vollständig beseitigt werden konnten. Die hellgraue Farbe des Bodens hatte an einigen Stellen, an denen man versucht hatte, das Blut aus dem Stoff zu waschen, einen dunkelroten Farbton angenommen.

Wie am vorherigen Tatort zog Pat seine Waffe und ich tastete kurz nach der Tigerkralle, die aber auch hier nicht reagierte.

Als wir uns die Zimmer ansahen, stellten wir fest, dass die Buckleys offensichtlich über mehr finanzielle Mittel verfügten als Fogerty und Grant. Die Möbel waren geschmackvoller und auch wertvoller. Insgesamt war die Wohnung größer und wir brauchten ein paar Minuten länger, um uns die nicht relevanten Räume anzusehen. Außerdem achteten wir darauf, nicht auf das Blut auf dem Boden zu treten.

Im Wohnzimmer bot sich uns dann das Bild, das wir erwartet hatten. Wieder waren die Wände mit Symbolen, Pentagrammen und Darstellungen beschmiert, die selbst ich während meines Studiums noch nie gesehen hatte, die mir aber schon beim bloßen Betrachten Unbehagen bereiteten. Einerseits stießen sie mich ab, andererseits verspürte ich eine aufkommende Neugierde, sie zu berühren und mit den Fingern den blutigen Linien zu folgen. Kopfschüttelnd drehte ich mich weg und mein Blick fiel auf einen großen Blutfleck und die Linien auf dem Boden, wo offenbar die Leiche von Anne Buckley gefunden worden war.

Pat machte wieder Fotos, damit wir die Tatorte später besser vergleichen konnten, als mein Blick auf etwas fiel, das ich nicht erwartet hatte.

»Sieh mal«, sagte ich zu meinem Partner und deutete auf einen glänzenden schwarzen Stein in der Form eines roh geschliffenen Diamanten, der eine identische Kopie von dem zu sein schien, den wir in der Wohnung von Fogerty und Grant gefunden hatten.

14

»Ich glaube, das ist die Verbindung, nach der wir gesucht haben«, murmelte Pat, während ich den Stein mit der Tigerkralle testete, wie ich es zuvor in der anderen Wohnung bereits getan hatte. Ich war mir nicht sicher, aber ich glaubte, eine leichte Erwärmung zu spüren, konnte mich aber auch irren.

»Das denke ich auch. Außerdem scheint mir das Metall etwas wärmer geworden zu sein.«

»Angenommen, es ist so, dann liegt das vielleicht daran, dass der Vorfall erst ein paar Tage her ist. Wie lange liegt der erste Fall zurück? Drei Wochen? Ungefähr so lange, oder?«

Ich nickte. »Das könnte dann aber bedeuten, dass wir keine Reaktion bekommen, wenn wir in den anderen Wohnungen weitere Steine finden, weil alle Fälle noch weiter davor liegen.«

»Aber was ist das Besondere daran?«, fragte Pat und strich mit den Fingern über die Oberfläche. Der Stein war nicht besonders groß. In einer geschlossenen Faust hätte man ihn nicht gesehen. »Das Material ist ungewöhnlich. Einerseits glatt, aber auch so, dass ich das Gefühl habe, er könnte an meiner Haut kleben bleiben, wenn ich ihn länger berühre.«

Ich tat es meinem Partner gleich und berührte die schwarze Oberfläche. Für einen Moment spürte ich, wie ein leichter Strom durch meinen Körper floss, und mein Zeigefinger zuckte ein wenig. Vielleicht hatte ich mich aber auch nur an einem der Teppiche statisch aufgeladen. Mit dem Daumen drückte ich etwas fester auf den Stein und war überrascht, als er dem Druck nachzugeben schien.

»Siehst du das?«, sagte ich, aber als ich den Finger wieder wegzog, schien sich nichts verändert zu haben.

»Was meinst du?«

Pat tat es mir nach und presste ebenfalls einen Finger auf das schwarze Mineral, konnte aber keine Veränderung feststellen. Bei einem weiteren Versuch meinerseits passierte ebenso nichts und ich war mir sicher, mich getäuscht zu haben.

»Ich glaube, ich habe mich geirrt. Was machen wir jetzt? Selbst wenn wir annehmen, dass die Steine relevant sind, müssen wir herausfinden, wo sie herkommen.«

Wir beschlossen, die Wohnung genauer zu untersuchen, fanden aber keine weiteren Hinweise. Wenn wir davon ausgingen, dass sowohl David Buckley als auch Robert Fogerty diese Steine mit in die Wohnung gebracht hatten, mussten wir dringend herausfinden, was sie bewirkten und woher sie stammten.

»Ich denke, wir sollten uns die anderen Tatorte ansehen«, sagte Pat, während er die Fotos und den Stein einpackte. »Vielleicht haben wir da mehr Glück. Und dann müssen wir einen Weg finden, die Steine weiteren Tests zu unterziehen, wenn wir sonst nichts haben. Hast du die Adressen dabei?«

Ich verneinte. Die, die wir bisher besucht hatten, hatte ich nur ausgesucht, weil Ingrid der Zusammenhang zwischen den blutigen Symbolen aufgefallen war. »Wir müssen Tom kurz anrufen, dann kann er uns die Infos geben.«

In dem Moment, als wir wieder draußen im Auto saßen, klingelte das Telefon. Pat schaltete den Lautsprecher ein, damit ich das Gespräch mithören konnte.

»Wie weit seid ihr?«, tönte Tom Siegels Stimme blechern aus dem Apparat. »Es gibt Neuigkeiten.«

Mein Herz machte einen Satz und für einen Moment war ich mir sicher, dass er uns mitteilen würde, dass Diego Garcia seinen Verletzungen erlegen war. »Was ist passiert?«

»Es gibt einen neuen Fall, aber diesmal konnten sie den Täter fassen. Er ist im *Bedlam* und ihr solltet hinfahren.«

Mit *Bedlam* meinte Tom das *Bethlem Royal Hospital*, in dem es kurzfristig möglich war, geisteskranke Straftäter zu behandeln und festzuhalten.

»Und was erwartet uns dort?«, fragte Pat, während er den Wagen startete und in den Verkehr einfädelte.

»Ein Mann ist offenbar auf einer Jubiläumsfeier Amok gelaufen. Wieder Symbole an den Wänden. Er hat eine Frau getötet, bevor er von den anderen Angestellten überwältigt werden konnte. Einer der Polizisten vor Ort war damals offenbar bei Fogerty und rief mich an.

Ich habe ihnen gesagt, dass sie den Mann erst einmal fixieren und ins *Bedlam* bringen sollen, damit ihr mit ihm reden könnt. Sie warten auf euch, aber sie können ihn dort ohne Anwalt nicht lange festhalten. Beeilt euch.«

»Gib Gas«, sagte ich und legte den Hörer wieder auf den Apparat, während Pat das Pedal durchtrat und den Wagen beschleunigte.

15

Der Statthalter war im Großen und Ganzen zufrieden. Die Spione, die er überall auf der Erde eingesetzt hatte und die ihn ständig mit Informationen versorgten, hatten ihn über jeden Schritt von Kane und Walsh informiert.

Natürlich hätte Gagdrar gerne mehr menschliche Opfer gehabt, aber letztendlich war es wichtiger, die Falle langsam auszubreiten und die Jäger zu beschäftigen. Kichernd beglückwünschte er sich zu der Idee, selbst kleine Fährten zu legen, denen sie folgen konnten. Nicht, dass die Steine eine wirkliche Bedeutung gehabt hätten, aber immerhin war es ihm gelungen, mithilfe eines Steines eine Verbindung zu Kane herzustellen. Für einen Moment war er in den Kopf des Jägers eingedrungen und konnte mit sich zufrieden sein. Was er schon lange erwartet hatte, nahm immer mehr Gestalt an. Der Einfluss, von dem Ian West so sehr gehofft hatte, dass er niemals zum Vorschein kommen würde.

Es war nur noch eine Frage der Zeit, bis das Blut des Herzogs, das in Kane floss, sein Handeln übernehmen würde. Wenn es so weit war, musste er sich in einer Dimension befinden, die von ihm kontrolliert wurde. Andernfalls würde die Macht, die in dem Mann schlummerte, selbst dem Statthalter gefährlich werden. Wäre es ihm gelungen, den von der Organisation eingesperrten Dämon Ar'ath in seine Gewalt zu bringen, wäre vieles einfacher gewesen. Der Dämon hätte ein Tor in eine Dimension öffnen können, durch das er Kane und seine Mitstreiter gefahrlos hätte entführen können, um auf den richtigen Moment zu warten.

Aber bisher lief sein Alternativplan nach Wunsch, und wenn am Ende alles so klappte, wie er es wollte, war alles in Ordnung. Spätestens wenn Isaac Kane tot in einer vergessenen Dimension verrottete und er seine Kräfte in sich aufgenommen hatte, würde er sich Marbas stellen[1], um endlich seinen rechtmäßigen Platz in den Welten des Schreckens einzunehmen.

16

Der Verkehr hatte wieder zugenommen und wir mussten uns gedulden. Es dauerte eine Weile, bis wir den Stadtteil Bromley erreichten, in dem sich die Klinik befand. Das *Bedlam*, wie es von vielen genannt wurde, konnte auf eine lange Geschichte zurückblicken, wobei besonders die menschenunwürdigen Zustände, unter denen die Patienten im 17. und 18. Jahrhundert zu leiden hatten, Bekanntheit erlangten. Oft wurden die Kranken sich selbst überlassen, angekettet und nur mit dem Nötigsten versorgt. Zum Glück hatte sich das längst geändert. Ich wunderte mich, dass man den Mann hierher gebracht hatte, denn kriminelle Geisteskranke wurden im *Bedlam* kaum noch behandelt oder eingesperrt.

Im Radio lief *The logical song* von *Supertramp*, der mir gut gefiel. Vor allem der Text war in seiner kritischen Ausrichtung sehr interessant. Trotzdem drehte ich die Musik leiser, als Pat mich ansprach: »Wie wollen wir vorgehen?«

»Gute Frage. Wir wissen ja noch nicht einmal, ob die Täter besessen sind oder vielleicht sogar zu dämonischen Wesen gemacht wurden. Zur Sicherheit sollten wir auf jeden Fall unsere Waffen dabei haben, auch wenn man in der Klinik vielleicht etwas dagegen hat.«

»Das macht sicher Sinn. Hoffentlich gibt uns die Kralle diesmal ein Zeichen.«

---

[1] Siehe Band 1: Die Hand des Werwolfs

Nach einigen Minuten sahen wir ein Schild, das uns anwies, von der Monks Orchard Road, auf der wir uns befanden, nach rechts auf das Klinikgelände abzubiegen. Am Eingang befand sich ein weit geöffnetes schwarzes schmiedeeisernes Tor. In einem Pförtnerhäuschen rechts daneben konnten wir im Vorbeifahren durch die Fenster mehrere Personen sitzen sehen. Einer von ihnen hob kurz den Kopf.

Geradeaus vor uns lag das Klinikgebäude aus rotem Backstein. Davor befand sich ein runder Platz, der mit Blumen bepflanzt war. Links davon gab es einige Parkplätze, von denen zwei frei waren. Pat stellte seinen Wagen neben einem Polizeiauto ab, in dem ein Beamter saß und Zeitung las, bis wir ankamen. Offensichtlich wartete er auf uns.

Wir stiegen gemeinsam aus, und um Pat die Zeit zu geben, das Kurzschwert aus dem Kofferraum zu holen und mit einem Holster unter seiner Kleidung zu verstecken, ging ich zielstrebig auf den schlanken jungen Mann mit den blonden Haaren zu, der mich freundlich ansah.

»Dr. Kane oder Mr. Walsh?«, fragte er und streckte mir die Hand entgegen. »Mein Name ist Sergeant Meyers. Ich wurde beauftragt, Sie über den Stand der Ermittlungen zu informieren.«

Ich ergriff seine Hand und schüttelte sie kurz. »Isaac Kane. Lassen Sie den Doktor weg. Mein Partner hat noch etwas zu erledigen. Danke, dass Sie auf uns gewartet haben.«

»Kein Problem. Ich muss gestehen, ich bin mit dem Fall überfordert. Haben Sie die Wohnung von Fogerty und Grant gesehen?«

»Ja. Kein schöner Anblick. Haben Sie Tom Siegel angerufen?«

Inzwischen war Pat zu uns gekommen und hatte den Polizisten begrüßt.

»Das habe ich. Ich kenne die Dienstanweisung, in außergewöhnlichen Fällen Ihre Organisation zu informieren. Das, was ich bei Ryan, so heißt der Täter, in der Firma gesehen habe, war identisch mit dem anderen Tatort.«

»Können Sie uns kurz auf den aktuellen Stand bringen?«, fragte Pat. »Wir würden dann versuchen, mit dem Mann zu sprechen, um mehr herauszufinden.«

»Gerne. Nach dem, was die Zeugen ausgesagt haben, ist Simon Ryan heute zu spät zur Arbeit gekommen. Etwas, das bei ihm nicht üblich zu sein scheint. Zumal an diesem Tag eine Kollegin von Ryan, Roswitha Skinner, ihren Abschied feiern wollte und Ryan sich bereit erklärt hatte, bei den Vorbereitungen zu helfen. Er machte einen abwesenden Eindruck und sprach mit niemandem. Auch das war wohl völlig untypisch für ihn. Und er hat leicht aggressiv reagiert, wenn man ihm zu nahe gekommen ist.«

»Und was ist dann passiert?«

»Ich weiß auch nur das, was mir die Zeugen erzählt haben, die meisten waren ziemlich verstört. Ryan ging wohl in das Büro, das er sich mit Skinner teilte. Er muss die Tür abgeschlossen und Skinner zuerst niedergeschlagen haben. Anders ist es nicht zu erklären, dass sie nicht um Hilfe gerufen hat, während er diese schrecklichen Symbole an die Wand gekritzelt hat. Alle mit dem eigenen Blut. Dann sieht es so aus, als hätte sich die Frau aufgerappelt und versucht zu fliehen. Da die Tür verschlossen war und Ryan den Schlüssel an sich genommen hatte, hat sie dagegen gehämmert und um Hilfe gerufen. Das hörten die Arbeitskollegen der beiden. Während zwei Männer versuchten, die Tür aufzubrechen, hörten sie die Schreie der Frau, die plötzlich verstummten. Als es ihnen gelang, die Tür zu öffnen, hatte Ryan Skinner gerade zu Tode gewürgt. Dann ging er auf seine Kollegen los, verletzte einen von ihnen mit einem Brieföffner, wurde aber von anderen überwältigt, die ihn festhielten, bis wir eintrafen. Als ich die Symbole sah, habe ich sofort zum Telefon gegriffen und mit Siegel gesprochen. Mein Vorgesetzter war zuerst nicht einverstanden, dass wir Ryan ins *Bedlam* bringen, aber dann hat Siegel auch mit ihm gesprochen.«

Für einen Moment schweigen wir. In meiner Vorstellung tauchten Bilder auf, auf die ich lieber verzichtet hätte.

»Gibt es sonst noch etwas, das wichtig sein könnte?«, fragte ich.

Meyers ging zum Polizeiwagen und holte eine Asservatentüte heraus. Darin befanden sich mehrere kleine Beutel, von denen der blutverschmierte Brieföffner in einem am auffälligsten war. Aber etwas anderes fiel mir viel mehr auf.

»Könnten Sie das bitte herausnehmen?«, bat ich und deutete auf eines der Beweisstücke. Der Polizist nickte, und mit geübtem Griff zog er eine durchsichtige Tüte heraus, in der sich etwas befand, das wir heute schon zweimal gesehen hatten: Ein glänzender schwarzer Stein!

17

Ich nahm den Beutel in die Hand und zog ihn unauffällig näher an mich heran. Wie erwartet, erwärmte sich die Baghnakh sogar unter meiner Jacke, obwohl kein direkter Kontakt mit dem Stein bestand. Ein kurzes Nicken signalisierte meinem Partner, der mich fragend ansah, dass dies geschehen war.

»Wo haben Sie den gefunden?«, fragte ich den Sergeant.

»Ryan hatte ihn in seiner Hosentasche. Zusammen mit seiner Brieftasche. Sonst hatte er nichts bei sich. Warum?«

»In den beiden Wohnungen, die wir heute untersucht haben, fanden wir auch so einen Stein. Wahrscheinlich ist er niemandem aufgefallen, weil er wie eine Dekoration aussah, aber wir glauben, dass er etwas mit den Fällen zu tun hat. Darf ich ihn während der Befragung behalten?«

Meyers sah auf die Uhr. »Natürlich. Aber Sie sollten keine Zeit verlieren. Der diensthabende Arzt wartet, und in spätestens einer Stunde werden meine Kollegen kommen und Ryan abholen. Vielleicht auch früher. Ich warte hier draußen. Bitte vergessen Sie nicht, mir den Stein nachher zurückzugeben.«

Pat klopfte dem Polizisten auf die Schulter. »Danke für die Hilfe. Und wir beeilen uns.«

Ich steckte die Tüte in meine Jackentasche und spürte, wie sich die Kralle weiter erwärmte. Gemeinsam eilten mein Partner und ich zur Eingangstür und gingen hinein. Am Empfang saß eine Schwester, der wir sagten, mit wem wir sprechen wollten. Sie schickte uns in den dritten Stock, wo ein junger Arzt indischer Herkunft auf uns wartete. Das Namensschild an seinem Kittel war verrutscht und sein Akzent so stark, dass ich seinen Namen nicht richtig verstand. Um mich nicht zu blamieren, überspielte ich es.

»Mr. Ryan ist im Moment sehr ruhig. Wir haben ihn in eine unserer ehemaligen Arrestzellen gebracht, in der früher auch Behandlungen durchgeführt wurden. Der Polizist hat ihm Handschellen angelegt. Sie werden nur mit ihm reden, oder?«

»Ja. Es gibt noch ein paar andere Fälle, die mit der heutigen Tat zusammenhängen könnten, und wir hoffen, von Mr. Ryan ein paar Informationen zu bekommen.«

Während Pat weiter mit dem Arzt sprach, überlegte ich mir eine Strategie, wie wir den Mann zum Reden bringen könnten. Alles hing davon ab, ob er besessen war oder auf andere Weise kontrolliert wurde. Am Ende eines hell gefliesten Ganges, der von grellen Neonröhren beleuchtet wurde, befand sich eine dunkelgraue Eisentür, die mit zwei Riegeln verschlossen war. In der Mitte der Tür war in Kopfhöhe eine Klappe eingelassen, die nur von außen geöffnet werden konnte.

Der Arzt warf einen Blick hindurch, bevor er mir und Pat erlaubte, in den Raum zu schauen. Die Zelle war sehr spartanisch eingerichtet. Außer einem Tisch und zwei Stühlen aus Metall, die am Boden festgeschraubt waren, gab es keine Möbel. Der Tisch hatte eine Vorrichtung für die Handschellen, mit denen Simon Ryan gefesselt war. Der Mann hatte seine Arme auf dem Tisch verschränkt und seinen Kopf darauf gelegt. Außer der hellen Stelle an seinem Hinterkopf, die durch sein graues Haar schimmerte, konnten wir nicht viel von ihm erkennen, abgesehen natürlich von der blutigen Kleidung, die er noch trug.

»Können wir mit ihm sprechen?«, fragte ich den Arzt und fügte hinzu, als er antworten wollte: »Allein, bitte.«

Für einen Moment blitzte Ärger in den Augen des Mannes auf, dann nickte er. Wahrscheinlich war auch er angewiesen worden, uns mit dem Täter sprechen zu lassen. »Natürlich. Ich warte draußen, aber ich muss abschließen. Sie gehen auf eigene Gefahr hinein.«

Mit diesen Worten öffnete er die Tür und wir gingen in die Zelle. Ich zuckte kurz zusammen, als die schwere Tür hinter uns wieder ins Schloss fiel, doch dann besann ich mich darauf, warum wir hier waren. Pat blieb stehen. Ich setzte mich und lehnte mich nach hinten für den Fall, dass Ryan nicht friedlich mit uns kooperieren wollte.

»Mr. Ryan? Mein Name ist Isaac Kane, das ist mein Partner Patrick Walsh, und wir würden uns gerne mit Ihnen unterhalten.«

Einige Sekunden passierte nichts, dann hob der Mann langsam den Kopf. Seine Augen waren geschlossen und ich hatte einen Moment Zeit, ihn zu betrachten. Nichts an ihm war ungewöhnlich. Er hatte ein Gesicht unter Hunderten, ein freundliches Gesicht, wie es unzählige ältere Männer haben. Doch dann öffnete er die Augen und ich zuckte zusammen. Hinter mir hörte ich, wie Pat kurz die Luft einsog.

Die Augäpfel des Mannes waren völlig weiß. Feine rote Äderchen durchzogen sie, aber dort, wo die Pupillen sein sollten, sah man nur ein leicht gräuliches Weiß. Ich spürte, wie die Kralle noch wärmer wurde und zog sie unter der Jacke hervor. Ryan zuckte zurück, als würde er ihre Anwesenheit spüren.

»Was meinst du?«, fragte Pat leise. »Ist er besessen oder ein Dämon?«

Ich schüttelte den Kopf, antwortete aber nicht. Dann legte ich den Beutel mit dem schwarzen Stein auf den Tisch, achtete aber darauf, dass ich ihn schnell an mich nehmen konnte, falls es Ryan trotz der Handschellen gelingen sollte, danach zu greifen. Doch er machte keine Anstalten, schien nur weiterhin mit seinen toten Augen auf meine Waffe zu starren.

»Mr. Ryan, können Sie mich hören?«

»Was wollen Sie wissen?«, antwortete er, und seine Stimme klang, als käme sie über ein altes Transistorradio aus unendlichen Entfernungen zu uns.

»Ist Ihnen klar, was heute passiert ist? Was Sie getan haben?«

Wieder vergingen einige Sekunden, bis der Mann antwortete. Es schien, als müssten auch meine Fragen an einen anderen Ort transportiert werden, bevor ich eine Antwort erhielt.

»Ich war im Laden. Es gab Lakritze. Mein Onkel hat gesagt, ich bekäme noch mehr, aber ich müsse erst noch etwas erledigen.«

»Was für ein Laden? Wo ist er und wie heißt er?«

»Mein Onkel hat mir ein Geschenk mitgegeben. Ich sollte es für ihn aufbewahren, also habe ich es in meine Hosentasche gesteckt. Der Polizist hat es mir weggenommen. Wenn ich es nicht zurückbekomme, wird sich mein Onkel beschweren.«

Ich drehte mich kurz zu meinem Partner um. »Er redet wie ein Kind. Etwas hat die Kontrolle über ihn übernommen und ihn anschließend dazu gezwungen, das zu tun, was er getan hat.«

»Ich bin dann zu Rosi gegangen. Sie ist jetzt hier bei mir. Zuerst wollte sie nicht, aber ich konnte sie überreden. Diese Männer haben dann alles vermasselt. Jetzt bekomme ich Ärger mit meinem Onkel, wenn ich wieder zurückkomme.«

Er schien zu wissen, was passiert war, aber nicht, wofür er verantwortlich war.

»Sie haben mir noch nicht gesagt, wo der Laden ist und wie er heißt. Vielleicht kann ich mit Ihrem Onkel reden, damit Sie keinen Ärger bekommen.«

Simon Ryans Miene hellte sich auf und er strahlte. »Das würden Sie tun? Das ist so nett von Ihnen. Ich bin sicher, Sie kennen das Geschäft. Jeder kennt es, mein Onkel hat es seit vielen Jahren. Früher hatte es keinen Namen, aber jetzt schon. Sie müssen nach *The Hidden Shadow* in der Back Lane suchen. Dort finden Sie ihn. Es wäre toll, wenn Sie mir helfen könnten.«

»Danke, Mr. Ryan. Das werde ich tun.«

Ich stand auf und drehte mich zu meinem Partner um. »Was machen wir? Ich möchte ausprobieren, ob die Kralle etwas bewirkt.«

»Und wenn du ihn damit tötest? Oder, was vielleicht noch schlimmer für ihn ist, ihn aus seiner Besessenheit reißt und ihm bewusst machst, was er getan hat?«

»Aber so können wir ihn nicht lassen. Das Risiko ist zu groß. Hilf mir.«

Unauffällig, damit Ryan es nicht sehen konnte, schob ich die Ringe der Baghnakh über meine Finger. Dann ging ich an ihm vorbei, während mein Partner seine Hände festhielt. Einen Moment lang sah der alte Mann Pat ungläubig an, dann drückte ich die Klinge der Kralle gegen seinen Hals.

Ein Zischen ertönte und die Neonröhren im Raum flackerten kurz auf. Dann verließ etwas, das wie ein Schwarm kleiner Fliegen aussah, den Mund des Mannes und löste sich auf. Ryan hustete zweimal und ließ den Kopf hängen. Als er ihn wieder hob, sah ich, dass seine Augen wieder normal waren.

»Wo bin ich?«, flüsterte er und sah abwechselnd meinen Partner und mich an. »Und was habe ich getan?«

Ich schloss meine Augen und konzentrierte mich. Ich hatte nicht damit gerechnet, dass Ryan zwar nicht Herr seiner Sinne war, sich aber anscheinend erinnern konnte.

Ich setzte mich wieder hin. »Wissen Sie, was passiert ist?«

Ryan nickte, während ihm Tränen über die Wangen liefen. »Ist Rosi tot? Habe ich noch jemanden verletzt?«

»Es tut mir sehr leid, aber Sie waren nicht im Vollbesitz Ihrer Sinne. Etwas hat Sie kontrolliert und Sie hatten keine Wahl.«

Hinter uns öffnete sich plötzlich die Tür und der Arzt betrat mit zwei Polizisten den Raum. Bevor wir noch ein Wort mit Ryan wechseln konnten, öffneten sie seine Handschellen und führten ihn ab. Sie mussten ihn fast tragen, weil er keine Kraft mehr zu haben schien. Ehe der Arzt mit uns sprechen konnte, verließen wir die Klinik und gingen zum Auto, wo wir uns kurz von Sergeant Meyers verabschiedeten und ihm den Stein zurückgaben.

Fast zehn Minuten saßen wir danach schweigend im Wagen, bis Pat etwas sagte, was mir schon vorher durch den Kopf gegangen war: »Wir sollten ihm einen guten Anwalt besorgen, der auf Unzurechnungsfähigkeit plädiert. Simon Ryan gehört nicht ins Gefängnis.«

18

Pat nahm den Hörer ab, schaltete den Lautsprecher ein und wählte die Nummer von Tom Siegel, der sich beim zweiten Klingeln meldete.

»Wie ist es gelaufen?«

»Zumindest haben wir jetzt einen Anhaltspunkt«, sagte ich und berichtete Tom von unserem Gespräch mit Simon Ryan. Er war wie wir der Meinung, dass wir versuchen sollten, einen guten Anwalt für den Mann zu besorgen, der ihn vor dem Gefängnis bewahren könnte.

»Was wollt ihr jetzt machen? Direkt in die Back Lane fahren und schauen, ob ihr was findet? Habt ihr eine Ahnung, was es mit diesen Steinen auf sich hat?«

»Ich glaube, dass eine Art Energie oder Kraft in ihnen steckte, als man sie den Opfern gegeben hat, die dann zu Tätern wurden. Anders kann ich mir die Reaktion von Isaacs Kralle nicht erklären. Wir haben aber auch gesehen, dass die Reaktion abnahm, je länger die Tat zurücklag. Es sollte keine Gefahr mehr von ihnen ausgehen, aber ich denke, es macht Sinn, sie in unserem Keller einzuschließen, wo niemand an sie herankommt. Oder, Isaac?«

Ich stimmte meinem Partner zu. »Tom, ich habe eine Bitte. Kannst du mal nachsehen, welche Geschäfte oder Häuser es in der Back Lane gibt? Ich möchte vorbereitet sein. Wir können schon einmal in

die Richtung fahren und du rufst mich an, wenn du etwas herausgefunden hast. Gibt es schon Neuigkeiten, wie es Diego geht?«
»Leider noch nicht. Ingrid ist vor einer Stunde ins Krankenhaus gefahren und hat dort mit den Polizisten und Ärzten gesprochen. Sie wird erst einmal noch eine Weile dortbleiben. Angeblich soll es noch eine Untersuchung durch den Chefarzt geben, die sie abwarten will.«
»Gute Idee«, sagte Pat und startete den Wagen. »Wir machen uns jetzt auf den Weg. Entweder melden wir uns, bevor wir dort sind, oder du rufst an, wenn du noch etwas für uns hast.«
Tom legte auf und wir fuhren los.

19

Gagdrar beschloss, seinen Beobachtungsposten im Orkus zu verlassen und sich auf die Erde zu begeben. Es war an der Zeit, aktiver in die Geschehnisse einzugreifen, aber sein Plan sah vorerst vor, andere zu beeinflussen und zu manipulieren, die er an den richtigen Stellen platziert hatte.

Das Risiko einer direkten Konfrontation war ihm noch zu groß, auch wenn er sich das nur ungern eingestand. Aber wozu war er schließlich in der Lage, den Menschen seinen Willen aufzuzwingen. Unabhängig davon, wie sich die Dämonendrillinge letztlich schlagen würden, hatte er von Anfang an geplant, parallel zu agieren. Natürlich war es möglich, dass Bilgrak, Canzool und Zenomis ihre und damit auch seine Feinde besiegen würden, aber er war auch Realist. Es konnte nicht schaden, eine Sicherheit zu haben.

Gagdrar konzentrierte sich und schickte einen Teil seines Geistes auf die Reise. Es war an der Zeit, die Frau, von der sie glaubten, dass sie auf ihrer Seite stand und keine Gefahr darstellte, ihrer Bestimmung zuzuführen.

20

Pat und ich schwiegen eine Weile, während er uns zu unserem Ziel fuhr. Ich war sicher, dass auch er an Simon Ryan dachte und an das Trauma, das er für den Rest seines Lebens mit sich tragen würde. In mir kochte eine Wut auf die, die für all das verantwortlich waren, auch wenn ich es eigentlich noch gar nicht wusste. Mehr als die Hinweise auf einen Laden hatten wir nicht. Und ein paar Steine, die wir am Tatort gefunden hatten. Wir konnten nur hoffen, dass es in der Back Lane wirklich etwas gab, das uns weiterhalf, sonst standen wir wieder am Anfang. Ansonsten hatten wir niemanden, den wir fragen konnten. Und nachdem ich Ryan von dem Bann befreit hatte, war ich mir sicher, dass seine Erinnerung an dieses merkwürdige Geschäft verblassen würde.

»Mir wäre es lieber, wenn ich wüsste, gegen was wir kämpfen«, unterbrach mein Partner die Stille. »Gegen einen Vampir, einen Werwolf, einen Zombie oder was auch immer kann ich etwas ausrichten. Die kann ich sehen und auf sie reagieren. Aber das hier ist nicht greifbar und ich weiß gerne, womit ich es zu tun habe.«

»Lass uns ein bisschen spekulieren«, sagte ich. »Ich glaube nicht, dass wir gleich auf einen Laden stoßen, der einem Onkel von Ryan gehört. Aus dem Bauch heraus würde ich sagen, dass es eine Art Illusion ist, indem man ihnen scheinbar etwas aus ihrer Vergangenheit vorgaukelt. Und vielleicht gibt es in dieser Illusion etwas, das dann dazu führt, dass die Opfer von etwas übernommen oder kontrolliert werden. Mit den Informationen, die wir haben, wäre das eine Möglichkeit.«

Pat nickte. »Oder es gibt gar keinen Laden, sondern etwas oder jemanden, der die Menschen auf andere Weise beeinflusst. Ihnen die Steine gibt, die sie so lange kontrollieren, bis sie ihren ›Auftrag‹ erfüllt haben. Vergiss nicht – alle haben andere Menschen getötet und dann sich selbst. Zu welchem Zweck?«

»Ich weiß es nicht. Das habe ich mich auch schon gefragt. Wir können nur hoffen, dass in der Back Lane wirklich etwas ist.«

Zehn Minuten später waren wir in einer Straße in der Nähe unseres Ziels angekommen und Pat stellte den Wagen ab. Gerade als wir Tom anrufen wollten, klingelte das Telefon.

»Hallo ihr beiden. Fangen wir mit dem Wichtigsten an. Ingrid hat sich gemeldet. Diego muss notoperiert werden, anscheinend gab es Komplikationen. Eine Entzündung oder so. Sie ruft mich an, sobald sie mehr weiß.«

Frustriert sahen Pat und ich uns an. Wir konnten nur hoffen, dass alles gut gehen würde.

»Danke, Tom«, antwortete ich. »Hast du noch mehr für uns?«

»Ja. In der Back Lane selbst gibt es kein Geschäft. Vor vielen Jahren war dort ein kleiner Lebensmittelladen, aber als der Besitzer hinter der Theke einen Herzinfarkt erlitt, wurde er geschlossen. Es gab keine interessierten Erben. Die Stadt wollte das Grundstück auch nicht, und so verfiel der Laden. Ihr müsst schauen, was euch erwartet. Aber seid vorsichtig.«

»Alles klar, das sind wir ja immer. Pat hat das Auto eine Straße weiter geparkt. Wir werden wohl die letzten Schritte zu Fuß gehen, damit der Wagen nicht zur Zielscheibe wird. Schließlich können wir nicht alle Silberkugeln aus dem Kofferraum mitnehmen.«

Wir beendeten das Gespräch und begannen mit den Vorbereitungen. Pat, der das Kurzschwert meines Vaters beim Verlassen des Krankenhauses im Auto verstaut hatte, legte die Scheide an, um es an seiner Hose zu tragen. Wir nahmen jeder drei Magazine mit Silberkugeln und steckten sie in unsere Taschen. Dann überprüften wir, ob unsere Colts vollständig geladen waren. Obwohl wir das eigentlich wussten, gehörten diese Handgriffe zur Vorbereitung, wenn wir uns auf unbekanntes Terrain begaben. Kurz kam mir der Gedanke, dass ich Ingrid gerne als Unterstützung dabei gehabt hätte. Bisher hatte ich sie noch nicht in Aktion gesehen, aber so wie sie im Hauptquartier gegen Ar'ath und seine Kreaturen gekämpft und

Diego beschützt hatte[1], wäre sie eine gute Unterstützung für uns gewesen.

Pat hatte den Wagen extra zwischen zwei anderen Fahrzeugen geparkt, damit wir uns möglichst ungesehen vorbereiten konnten. Ich kontrollierte noch einmal den Sitz der Baghnakh unter meiner Jacke, die auf der anderen Seite des Colts befestigt war. Als wir fertig waren, nickten wir uns entschlossen zu, bevor wir die wenigen Schritte zur Back Lane gingen.

21

Bilgrak, der sich in Seabys Körper eingenistet hatte, zuckte zusammen, als Gagdrar Kontakt mit ihnen aufnahm. Er öffnete die Augen und blickte in die seiner Brüder, die sich in Estlick und Shiner, den Freunden seines Wirtes, verbargen.

Um sie herum schimmerte das grünliche Licht, das sie aus ihrer Dimension mitgebracht hatten, um ihre flüchtige Energie zu schützen, und erhellte den schmutzigen, heruntergekommenen Raum, in dem einst Waren und Lebensmittel verkauft worden waren. Die Drillinge wussten nicht, wie lange sie schon hier standen, aber einige Menschen waren bereits in die Falle ihrer Magie geraten, deren perfide Macht es war, schöne Erinnerungen zur Zerstörung zu nutzen.

›Sie kommen‹, erklang die Stimme des Statthalters, aber sie war nicht wirklich zu hören, sondern hallte in den Köpfen und Körpern ihrer Wirte wider. Ihre Kraft war so stark, dass eines der Augen des kleinen, kahlköpfigen Mannes mit einem schmatzenden Geräusch zerplatzte und Blut und Gewebe über das Gesicht des Wirtes strömten. Nichts, was Zenomis störte, der sich in ihm befand.

›Es wird schwieriger sein, sie zu besiegen. Ich will Kane lebend, mit dem anderen könnt ihr machen, was ihr wollt.‹

›Wirst du uns gehen lassen, wenn wir deinen Auftrag erfüllt haben?‹

---
[1] Siehe Band 8: Der gefallene Exorzist

›Enttäuscht mich nicht.‹

22

»Spürst du das auch?«, fragte Pat, als wir den Anfang der Back Lane erreicht hatten. »Ich habe das Gefühl, dass meine Füße mir nicht gehorchen und mich in diese Straße bringen, wenn ich nicht dagegen ankämpfe.«

Ich horchte in mich hinein und nickte. Es ging mir ähnlich wie meinem Partner. Mein Körper strebte danach, das Kopfsteinpflaster entlangzugehen. »Ja. Soll ich schon einmal die Kralle herausnehmen, um zu schauen, ob wir irgendeinen Bann brechen müssen?«

»Ich würde gerne versuchen, ob wir das sehen, was die anderen gesehen haben, auch wenn es ein Risiko in sich birgt. Nimm die Kralle so, dass du notfalls schnell das geweihte Silber berühren kannst, falls uns etwas sonderbar vorkommt.«

Eine gute Idee. Ich holte die Waffe aus dem Holster und hielt sie an den Ringen fest, die nur zum besseren Führen dienten. Ich hoffte, so schnell reagieren zu können. Nebeneinander gingen wir die kleine Straße entlang. Rechts und links sahen wir die Rückseiten von Häusern, die meist von Mauern umgeben waren. Es fiel kaum Licht in die schmale Gasse, und da die Dämmerung bereits eingesetzt hatte, war die Sicht nicht wirklich gut. Da stieß Pat mich an.

»Sieh mal«, sagte er. »Das bunte Leuchten.«

Ich blickte nach vorne, konnte aber nur ein gedämpftes gelbliches Licht sehen, was bei mir einen behaglichen Eindruck entstehen ließ.

»Was siehst du denn?«, fragte ich meinen Partner.

»Neonlicht. Blau und Rot. Und es flackert ein wenig. Ich habe einen Verdacht. Und was siehst du?«

Während wir weitergingen, sagte ich meinem Partner, welches Bild sich mir bot. Ich blickte auf einen Weg aus hellen Pflastersteinen, der zu beiden Seiten von Laternen gesäumt war. Nebeneinander gingen wir mit fast identischen Schritten weiter, auf einen Angriff wartend, wie auch immer er aussehen würde.

»Du siehst nicht die Neonreklame mit dem Fußballspieler, dort an der Wand?«, fragte Pat und ich hörte eine Unsicherheit in seiner Stimme.

»Nein. Ich sehe angenehmes Leuchten und einen Schaukasten, in dem sich Bücher befinden.«

Wir gingen noch ein Stückchen weiter, damit wir nah genug waren, einen Blick auf den schmalen Weg zu werfen, der zwischen zwei hohen Mauern weiterging und in dem ich dort, wo mein Partner anscheinend Neonlicht sah, einen Bücherschrank wahrnahm, der mich unvermittelt um viele Jahre zurückwarf. Ich ergriff den Arm meines Partners, vermied es aber noch, die Klinge der Kralle zu berühren.

»Beschreibe mir genau, was du siehst und ob du etwas erkennst», forderte ich ihn auf, während ich nach vorne starrte. Ich selbst blickte auf ein Geschäft, in dem ich als Kind viel Zeit verbracht hatte – *Millers Books*. Ein kleiner Buchladen, der ungefähr auf der Hälfte meines Schulwegs lag und in dem ich mindestens einmal im Monat einiges meines Taschengelds umsetzte. Alles war so, wie ich es in Erinnerung hatte. Ein kurzer Weg vor der Eingangstür, in der immer irgendein handgemaltes Plakat von einer der umliegenden Schulen hing, das über eine Veranstaltung informierte. Mr. Miller förderte die Jugend, wo er nur konnte. Er war Witwer, seit seine Frau bei der Geburt der gemeinsamen Tochter gestorben war – jedenfalls hatte meine Mutter mir das erzählt. Mittlerweile war die Tochter erwachsen und aus dem Haus, aber Miller hatte in den Kindern, die bei ihm einkauften, so etwas wie seine Enkel gesehen. Rechts und links der Tür waren die Schaufenster, in denen auf der einen Seite immer die Neuerscheinungen aufgestellt waren, während auf der anderen Seite Sonderangebote, Klassiker und Spielsachen präsentiert wurden. Es war unmöglich, dass dieser Laden hier stand. Mr. Miller war gestorben, als ich vierzehn oder fünfzehn Jahre alt war, und danach wurde daraus eine Filiale der örtlichen Post.

»Das ist das Sportgeschäft, in dem ich als Kind in den Ferien gearbeitet habe. Ich erinnere mich nicht mehr, wie der Inhaber hieß, aber an den Abteilungsleiter. Raoul Hardy. Ein harter Hund, der mir Disziplin beigebracht hat. Die Neonreklame mit dem Fußballer hing nur ein oder zwei Jahre, dann wurde sie demoliert und sie haben eine Plakatwand dort aufgehängt. Sag bloß, du siehst die Leuchtschrift über der Tür nicht, das große *Victory Sports* Zeichen?«

Ich schüttelte den Kopf und erzählte Pat kurz, was ich sah. Langsam gingen wir einige Schritte zurück, als sich plötzlich die Tür des Ladens öffnete. In meinem Kopf ertönte die Stimme von Mr. Miller, der mir zurief, dass die Neuerscheinungen und meine Vorbestellung da wären. Gänsehaut überzog meinen ganzen Körper, als ich die Stimme erkannte. Ich schaute meinen Partner an und ihm schien es mit seiner Vision ähnlich zu gehen. Als er sich wieder in Bewegung setzen wollte, hielt ich erneut seinen Arm fest.

»Wer hat mit dir geredet?«, flüsterte ich und zog ihn noch ein Stück weiter nach hinten. Pats Drang, auf das, was er sah und hörte, zuzugehen, ließ nach.

»Hardy. Er hat mich gerufen, es gäbe Arbeit und ich würde eine besondere Prämie bekommen. Was haben die anderen wohl gesehen?«

»Wahrscheinlich so etwas wie wir, aus ihrer Vergangenheit. Du spürst die Kraft doch auch, die davon ausgeht. Ich bin sicher, wenn wir alleine wären, hätten wir uns kaum widersetzen können. Ich denke, wir versuchen, den Zauber zu brechen.«

Pat nickte, trotzdem merkte ich, wie er an meinem Arm zog, um wieder näher an den Laden heranzukommen. Ich musste mich selbst dazu zwingen, da auch ich diesem Druck unterlag, doch dann drückte ich die Klinge der Tigerkralle erst gegen Pats Hand und dann gegen meine. Ein Knall ertönte und wir wurden von einer unsichtbaren Kraft nach hinten geschleudert. Mit einem lauten Geräusch flog die Tür des Ladens zu und jetzt konnten wir endlich hinter die Fassade blicken.

23

Ich rappelte mich auf und klopfte mir den Schmutz von der Kleidung. Die Tigerkralle behielt ich in der Hand und mein erster Blick galt meinem Partner, der schon wieder auf den Beinen war.

»Das sieht doch schon ganz anders aus. Hier kaufst du sicher keine Bücher, oder?«

Pats Stimme klang etwas belegt und ich nickte nur atemlos. Vor uns lag ein altes Gebäude, das mindestens vierzig Jahre auf dem Buckel hatte, wenn man sich den Zustand ansah. Es gab einen Weg, der zu einer Tür führte, aber er bestand ausnahmslos aus festgetretenem Lehm. Einige Steine, die vielleicht einmal Teil des Weges gewesen sein mochten, waren noch vorhanden, aber auch sie waren schief und teilweise gebrochen. An den Seiten wurde der Weg von den schwarzen Steinen der angrenzenden Gebäude begrenzt, und erst jetzt fiel uns auf, dass dieses Gebäude entgegengesetzt zu den anderen Häusern gebaut worden war. Wo wir hier die Vorderseite sahen, befanden sich sonst die Rückseiten, die hohen Mauern glichen. Die Tür, die ins Innere führte, war von Kratzern und Rissen durchzogen, und die große Glasscheibe, die den Blick in den leeren Raum dahinter freigab, war teilweise blind und milchig. Unter dem Schaufenster wuchsen gelbliche Grasbüschel, die kränklich und verdorrt aussahen.

»Wie lange steht der Laden wohl schon leer?«

Mein Partner zuckte die Schultern. »Ein paar Jahre bestimmt. Wir sollten jetzt herausfinden, ob die Bedrohung dort drinnen haust. Wenn nicht, haben wir weiterhin ein Problem.«

Plötzlich sah ich, dass unter der Tür, deren verzogenes Holz nicht mehr richtig schloss, ein grünliches Leuchten hervortrat, das sich in eine Art Flüssigkeit verwandelte, als es mit dem Weg davor in Berührung kam. Wir gingen zwei Schritte zurück und sahen, wie die Flüssigkeit in einem Kanal verschwand. Ich wollte mir gar nicht vorstellen, was da vielleicht noch enthalten war. Es wurde Zeit, etwas zu unternehmen.

Als ich den Kopf wieder hob, hatte sich die Realität erneut verschoben und die Hälfte des Ladens sah wieder aus wie der Buchladen aus meiner Vision. Interessanterweise schien sich das Bild jetzt mit den Erinnerungen meines Partners zu vermischen, – über der Tür war ein Fußballspieler aus Neonröhren entstanden, der statt gegen einen Ball vor ein Buch trat. Rasch presste ich die silberne Klinge der Baghnakh wieder an meine Haut und die Vision verschwand. Als ich den verwirrten Blick meines Partners sah, wiederholte ich den Vorgang auch bei ihm.

»Wieder das Sportgeschäft«, fragte ich mit einem leichten Grinsen. Pat nickte. »Ja, und überall Bücher auf dem Weg. Es wird Zeit, dem ein Ende zu setzen. Ich habe nicht vor, durch die Vordertür zu gehen. Wollen wir nachsehen, ob es noch einen anderen Eingang gibt? Sollen wir uns trennen?«

Ich stimmte meinem Partner zu, nach einer Hintertür Ausschau zu halten, aber wir entschieden, gemeinsam zu suchen, damit wir nicht allein von einer Vision überwältigt würden. Links neben dem Haus führte ein schmaler Fußweg entlang, kaum breit genug für einen Mann, aber an dessen Ende wir so etwas wie ein Geländer aus Metall sahen. Ich deutete darauf und ließ meinem Partner den Vortritt, jederzeit bereit, meine Waffe zu unserem Schutz einzusetzen.

Für einen Moment überkam mich ein klaustrophobisches Gefühl, als ich Pat folgte. Meine Schultern schrammten an beiden Seiten der Wand entlang, und mehr als einmal hatte ich das Gefühl, Spinnweben würden über mein Gesicht streichen. Da Pat kleiner war als ich, war das sogar möglich. Einmal strauchelte mein Partner und ich hielt ihn im letzten Moment an seiner Jacke fest, damit er nicht fiel. Nach zwei Schritten trat ich im Halbdunkel in dasselbe Loch im Boden und konnte mich nur mit Mühe an der Wand festhalten, um meinem Partner nicht buchstäblich in den Rücken zu fallen.

Obwohl das Haus unmöglich so tief gebaut sein konnte, kam mir die Zeit, die wir zwischen den Wänden verbrachten, unverhältnismäßig lang vor. Einige Male glaubte ich, Stimmen zu hören, die meinen

Namen riefen und mir rieten, zu fliehen, aber sobald ich die Kralle berührte, verschwanden sie.

»Hörst du nichts?«, fragte ich Pat, selbst überrascht vom Zittern meiner Stimme.

»Nein, was soll ich denn hören? Ich habe genug damit zu tun, mir nicht an diesen verdammten Steinen die Sachen aufzureißen oder noch mehr Insekten in den Mund zu kriegen, die hier überall herumfliegen.«

Plötzlich war der Weg zu Ende, und wir stolperten zwischen den Mauern hindurch in einen von Unkraut überwucherten Innenhof. Zwischen den Pflanzen lag alter Müll. Ich erkannte Verpackungen von Produkten, die es schon seit vielen Jahren nicht mehr gab. Fast schien es, als hätte uns der Weg zwischen den Häusern ein Stück in die Vergangenheit zurückversetzt.

Auch Pat hatte das bemerkt und zeigte auf eine Konservendose: »*Kaiser Beans*? Wie lange gibt es die schon nicht mehr? Da muss ich noch ein Kind gewesen sein.«

Ich schüttelte den Kopf und sah mich weiter um. Außer den Gebäuden um uns herum gab es nur noch das Geländer, das wir bereits von vorne gesehen hatten. Auch an ihm hatte der Zahn der Zeit genagt, die ehemals schwarze Farbe war an vielen Stellen von roten Rostflecken überzogen. Allerdings schien es hier einen Weg ins Innere des Gebäudes zu geben. Sechs steile Stufen führten hinab zu einer Holztür, die mit einem einfachen Riegel gesichert war.

»Ich denke, das haben wir gesucht«, murmelte Pat und zog seine Waffe. Wie immer würden wir so vorgehen, dass er mit dem Colt die Vorhut bildete, während ich die Tigerkralle an der linken Hand trug. So konnten wir beide schnell reagieren und ich konnte im Notfall meine eigene Waffe ziehen.

Obwohl sich alles in mir sträubte, hielt ich mich am Geländer fest, während ich meinem Partner die Stufen hinunter folgte. Ich blickte mich noch einmal um, um nicht von hinten überrascht zu werden, dann sah ich meinem Partner über die Schulter, als er mit dem Lauf seines Colts die Kellertür aufstieß, die sich mit einem quietschenden Geräusch nach innen öffnete und den Blick auf einen langen Gang freigab.

24

Der Gang war breiter, als er eigentlich sein dürfte, was für uns von Vorteil war, da wir so nebeneinander gehen konnten. Mauern umgaben uns, deren Alter schwer einzuschätzen war. Rötliche Backsteine wechselten sich mit groben Bruchsteinen ab, alles verbunden mit grauem Lehm und Stroh. So baute man schon seit vielen Jahren nicht mehr.

»Wie alt ist das hier, Isaac?«

»Ich kann es dir nicht sagen. Vielleicht sind wir gar nicht in dem Haus, sondern die Tür hat uns an einen anderen Ort gebracht.«

Aufmerksam gingen wir weiter. Der Boden des Ganges bestand aus schwarzen Steinplatten, keine glich in Form und Höhe der anderen. Mehr als einmal mussten wir aufpassen, nicht über hervorstehende Ecken zu stolpern. Obwohl es keine Lampen gab, war es nicht dunkel. Wir waren von einem schummrigen Licht umgeben, dessen Schein mich an das Grün erinnerte, das ich vor der Tür gesehen hatte. Als ich nach vorne blickte, glaubte ich auch die Quelle zu erkennen, denn etliche Meter vor uns befand sich eine Öffnung im Boden mit einer weit geöffneten Tür, aus der das Licht kam, das den Gang erhellte. Wieder bemerkte ich, dass dies alles nicht real sein konnte, denn die Entfernung, in der sich das Loch befand, änderte sich, sobald man blinzelte. Über allem schien eine Art flirrende Luft zu liegen, wie in der Wüste, in der die Sonne brennt.

»Siehst du das Loch auch?«, fragte ich meinen Partner und sah ihn an. Er nickte zögernd.

»Ja, aber es wirkt alles wie eine Kulisse, findest du nicht? Der Gang ist zu lang und zu breit. Sind wir wieder in einer Vision?«

»Ich glaube schon. Sollen wir die Kralle ausprobieren?«

Pat hielt mir den Arm hin und ich drückte das Silber gegen unsere Haut. Schlagartig veränderte sich der Raum. Wir standen in einem kleinen feuchten Keller voller schimmliger Regale und Möbel. Wasser tropfte unaufhörlich von der Decke und ich trat vorsichtshalber einen Schritt zur Seite, als mir etwas davon in den Nacken lief. Nichts von dem, was wir vorher wahrgenommen hatten, war mehr zu sehen. Es gab keine Luke mehr, keine Wände aus Lehm und Bruchsteinen. Die Wände waren weiß gekalkt, überall dunkelgrüne Flecken von Schimmel. Instinktiv atmete ich langsamer durch die Nase. Pat näherte sich einem Regal mit rostigen Konservendosen. Als er eine der Dosen mit dem Lauf seiner Waffe berührte, brach die dünne Oberfläche auf, und eine undefinierbare Masse quoll aus der Öffnung und tropfte zu Boden, wo sie eine feuchte Pfütze bildete.

Ich drehte mich um, weil ich Angst hatte, dass auch die Tür, durch die wir gekommen waren, nicht mehr da war, aber sie bildete die einzige Konstante. In diesem kleinen Keller konnten wir nichts unternehmen.

Pat sprach aus, was ich dachte: »Was nun? Hier ist nichts, aber in der Vision schien es einen Weg zu geben.

»Sollen wir noch einmal rausgehen und dann wieder rein? Vielleicht hilft das.«

Mein Partner ging zurück zur Tür und zog an der Klinke, um sie zu öffnen. Meine Befürchtung, dass auch die Klinke abbrechen würde und wir hier eingesperrt wären, bewahrheitete sich nicht. Die Tür ließ sich ohne Probleme öffnen und es ertönte wieder das bekannte Quietschen, das wir bereits gehört hatten. Hintereinander gingen wir hinaus, denn auch die Breite des Kellers hatte sich verringert, nachdem sich die Vision aufgelöst hatte. Bevor wir die Treppe wieder hinaufstiegen, schloss ich die Tür hinter mir, denn ich wollte sicher sein, dass der ursprüngliche Zustand wiederhergestellt war.

Wir ließen einige Minuten verstreichen. Im Innenhof hatte sich nichts verändert, die Pflanzen und der Müll waren noch da.

Geistesabwesend wischte ich mir mit der rechten Hand das Wasser aus dem Nacken und sah, dass meine Finger schmutzig geworden waren. Angewidert putzte ich sie an meiner Hose ab. Als ich Pat ansah, bemerkte ich sein schadenfrohes Grinsen. Für einen Moment tat es gut, hier draußen zu sein, auch wenn die Umgebung nicht zum Verweilen einlud.

»Wieder rein?«, fragte ich und machte eine Geste, um meinem Partner den Vortritt zu lassen.

Er ging die Stufen wieder hinunter und öffnete die Tür. Sofort sah ich, dass die Vision zurückgekehrt war, als der grüne Schein aus dem Flur nach draußen fiel. Wieder folgte ich meinem Partner in den Gang, aber diesmal hielten wir uns nicht mit Geplänkel auf, sondern gingen den ganzen Weg bis zu der Öffnung im Boden.

Irgendjemand oder irgendetwas hatte einen quadratischen Gang nach unten geschaffen, der mit einer Holztür verschlossen werden konnte. Interessanterweise sah ich, dass das Holz auf beiden Seiten mit Riegeln versehen war, als ob man sich auf jeder Seite vor dem schützen wollte, was von der anderen kommen könnte. Eine Metallleiter mit schwarzen Streben führte nach unten, aber ein Ende war nicht erkennbar. Wenn ich mich konzentrierte, glaubte ich, unten einen weiteren Gang zu sehen, konnte mich jedoch auch täuschen.

Pat steckte seine Waffe ein. »Wir müssen da runter. Ich sehe keine andere Möglichkeit. Du wartest und gibst mir Deckung. Wenn ich sicher angekommen bin, kommst du runter und ich sorge dafür, dass dir nichts passiert.«

Auch wenn mir die Situation nicht gefiel, blieb uns nichts anderes übrig. Ich wollte nicht, dass er ohne Waffe in die Tiefe ging, aber er würde beide Hände benötigen, um sicher an den Sprossen zu bleiben.

»In Ordnung«, sagte ich. »Achte auf alles um dich herum.«

Mit diesen Worten steckte ich die Tigerkralle ein, zog den Colt und blickte nach unten, während mein Partner begann, die Leiter hinabzusteigen.

25

Sie hatten zu lange gezögert, aber sie mussten auch zugeben, dass sie von der Macht der Waffe des Mannes mit dem Bart überrascht worden waren.

Außerdem hatte Bilgrak bemerkt, dass zwei Mächte einen ständigen stillen Kampf gegeneinander führten. Die Kraft von Gagdrar in der Waffe, dem Statthalter, der sie gezwungen hatte, ihm zu dienen. Und dann war da noch das, was in dem Bärtigen schlummerte. Canzool hatte bemerkt, dass er diese Präsenz vor langer Zeit schon einmal gespürt hatte, aber er war sich nicht sicher, von wem sie stammte. Zenomis, der während des Wartens aus Langeweile auch das andere Auge seines Wirtskörpers aus der Höhle gerissen hatte, hatte keine Meinung dazu, aber auch er spürte diese andere Macht.

Langsam begriffen die Drillinge, warum Gagdrar den Mann lebend haben wollte. Zunächst ging es ihm wohl um den Teil von sich selbst, der in der Waffe des Mannes steckte. Aber viel mehr interessierte ihn sicher die Kraft, die noch in dem Menschlein schlummerte und von der dieser sicher keine Kenntnis hatte.

›Wir sollten beide zu uns kommen lassen‹, sagte Bilgrak, wobei seine Stimme nur in den Köpfen seiner Brüder widerhallte. ›Wenn wir den anderen am Leben lassen, können wir ihn vielleicht als Druckmittel gegen den einsetzen, den Gagdrar haben will.‹

Canzool und Zenomis waren einverstanden.

›Aber wir können ihnen doch ein paar Hindernisse in den Weg legen, um sie zu schwächen, oder?‹

›Eine gute Idee‹, stimmte Canzool dem Vorschlag seines Bruders Zenomis zu. ›Findest du nicht auch Bilgrak?‹

›Natürlich, wir wollen ja auch ein bisschen Spaß haben.‹

26

Pat Walsh fühlte sich nicht wohl dabei, die Streben der Leiter hinunterzuklettern, ohne schnell eine Waffe zur Hand zu haben. Aber die Gefahr, abzurutschen und in unbekannte Tiefen zu stürzen, war zu groß. Plötzlich überkam ihn eine Angst, an die er vorher nicht gedacht hatte, und er blickte nach oben. Isaac war schon ziemlich weit entfernt, obwohl er nicht das Gefühl hatte, schon lange in die Tiefe hinabgestiegen zu sein.

»Wir dürfen die Vision jetzt auf keinen Fall zerstören«, rief er, ohne erkennen zu können, ob sein Partner eine Regung zeigte. »Wenn sie sich auflöst, möchte ich auf keinen Fall irgendwo zwischen den Wänden stecken bleiben.«

Vorsichtig und bedächtig kletterte er eine Strebe nach der anderen hinunter, wobei er die oberste immer erst losließ, wenn sein Fuß die nächste erreicht hatte. Irgendwann verlor er das Gefühl für Zeit und Raum. Ein erneuter Blick nach oben bot ihm das Bild, das er zuvor gesehen hatte, als er von oben in den Schacht gestarrt hatte. Isaac war nicht mehr zu sehen, stattdessen hing ein undurchsichtiger grauer Schein über ihm, der seine Sicht versperrte. Als er einen Moment lang zwischen den Armen hindurch nach unten schaute, sah er das gleiche Bild. Je tiefer er kam, desto kälter wurde es. Das wurde ihm erst bewusst, als er den Atem vor seinem Mund sah, und da bemerkte er, dass auch die Streben von einer dünnen Reifschicht überzogen waren. Von nun an musste er noch vorsichtiger sein, wenn er nicht abstürzen wollte.

Plötzlich packte etwas seinen Knöchel und es gab einen Ruck. Nur mit Mühe konnte sich Pat an den oberen Streben festhalten, aber auch der andere Fuß rutschte ab und er hing in der Luft. Eine unerbittliche Kraft zog an ihm, der er kaum etwas entgegenzusetzen hatte. Trotz der Anstrengung blickte er an seiner Brust vorbei nach unten und sah eine mit borstigen Haaren bewachsene Pranke, deren Krallen sich durch den Stoff seiner Hose gebohrt hatten. Etwas Blut war ausgetreten und über die Glieder nach unten gelaufen. Fieberhaft schossen Pat Gedanken durch den Kopf. Viele Möglichkeiten blieben ihm nicht. Er kam nicht an das Kurzschwert heran und hatte auch nicht genug Platz, um damit zu agieren. Blieb nur der Colt, mit der Gefahr, sich selbst in den Fuß oder ins Bein zu schießen. Aber er hatte keine andere Wahl.

Pat zog sich mit aller Kraft nach oben und brachte den linken Arm über eine der Streben, um sich so gut es ging festzuhaken. Die Pranke, die ihr Opfer nicht loslassen wollte, bewegte sich ein Stück nach oben, ehe sie wieder an ihm zerrte. Bevor er bei einem weiteren Ruck vielleicht ins Trudeln geriet und im schlimmsten Fall seine Waffe verlor, zog Pat mit der rechten Hand den Colt und richtete ihn nach unten. Er fühlte sich wie eine im Wind flatternde Fahne, so stark war inzwischen die Spannung, die auf ihm lastete. Trotzdem versuchte er, so ruhig wie möglich zu bleiben. Jetzt erwies es sich als Vorteil, dass sein Gegner den Fuß etwas höher gepackt hatte, denn er konnte einen Teil des Armes sehen, der ebenfalls mit dunklen Haaren bedeckt war. Pat zielte so genau er konnte, schickte ein Stoßgebet zum Himmel, nicht danebenzuschießen, und drückte ab.

Die Kugel traf ihr Ziel und schwarzes Blut spritzte aus der Wunde. Schlagartig verschwand der Druck, der auf ihm lastete, und nun konnte er auch das Ende der Leiter erkennen, das nur wenige Zentimeter unter ihm lag. Alles war nur eine Vision gewesen. Pat ließ sich fallen und stöhnte auf, als er einen Schmerz in seinem Bein spürte und dann das Blut auf seiner Hose und seinen Schuhen sah.

27

Ich behielt Pat so lange wie möglich im Auge, aber schneller als ich erwartet hatte, verschwand er in einem grauen Nebel, der den Schacht mit einem Mal ausfüllte. Nervös versuchte ich, meinen Partner ausfindig zu machen, doch ich hatte keine Chance. Raum und Zeit schienen in dieser Vision nicht mehr zu gelten, und ich war mir nicht sicher, ob nur wenige Minuten oder schon Stunden vergangen waren.

Ich fühlte mich nutzlos mit meinem Colt, ohne einen Anhaltspunkt, gegen wen wir eigentlich kämpften. Für einen kurzen Moment war ich versucht, die Tigerkralle aus dem Holster zu ziehen, um die Vision zu ›bekämpfen‹, aber dann kam mir der Gedanke, dass das ein Risiko wäre, da ich keine Ahnung hatte, wo Pat sich gerade befand. Was würde passieren, wenn die Realität zurückkehren würde? Wo wäre mein Partner dann? Würde er neben mir stehen, weil wir beide in einer Vision gefangen und immer noch irgendwo beisammen waren, oder würde Schlimmeres passieren und er wäre zwischen den Welten gefangen? Mir blieb nichts anderes übrig, als abzuwarten.

Irgendwann glaubte ich, das Heulen eines Wolfes zu hören, aber das konnte auch an meinen angespannten Nerven liegen. Doch dann erklang in meinem Kopf ein gellender Schrei, dessen Intensität mich in die Knie zwang. Mit schmerzverzerrtem Gesicht blickte ich mich um, aber auf meiner Ebene hatte sich nichts verändert. Als ich mich wieder aufrichtete, hörte ich einen Schuss und zuckte zusammen. Das Geräusch erkannte ich sofort, so klangen unsere Waffen. Als ich in den Schacht blickte, sah ich Pat, der knapp zwei Meter unter mir in einem anderen Gang stand und mich mit einem gezwungen wirkenden Grinsen ansah.

»Komm runter, Isaac, du wirst nie glauben, was ich gerade erlebt habe.«

28

Obwohl ich kurz Sorge hatte, wie mein Partner in diesem Nebel zu landen, kletterte ich die wenigen Sprossen der Leiter hinunter. Es passierte nichts und nach wenigen Sekunden stand ich neben ihm. Ich sah, dass seine Hose zerrissen und blutverschmiert war, und er erzählte mir, was er erlebt hatte. Wir waren beide nicht überrascht, dass ich nichts davon mitbekommen hatte, mussten wir uns doch den Gesetzen der Vision unterwerfen, die wir durchlebten.

Vor uns lag ein weiterer Gang, der leicht in die Tiefe führte. Auch hier war das grünliche Leuchten überall zu sehen, doch die Quelle schien etwa zwanzig Meter weiter vorn zu liegen, wo der Gang in ein größeres Gewölbe überging.

»Hast du mich eigentlich vorhin gehört?«, fragte Pat. Ich verneinte und wollte wissen, was er gesagt hatte. Interessant fanden wir beide, dass wir anscheinend ähnliche Gedanken zum Einsatz der Tigerkralle und der Vision hatten.

»Wir sollten trotzdem versuchen, sie einzusetzen, aber nicht, um die Vision aufzulösen«, sagte ich und sah meinen Partner fragend an.

»Probieren wir es aus. Aber pass auf, dass du nicht die falschen Stellen an der Waffe berührst. Ich will nicht im Nirgendwo enden.«

Ich steckte den Colt weg und schob die Baghnakh wie gewohnt über meine linke Hand. Nichts passierte, denn ich achtete peinlich darauf, nur den Griff zu berühren, der mir sicher erschien. Nun hatten wir wieder etwas mehr in der Hand, um gegen mögliche Gegner vorzugehen, wobei uns immer noch nicht klar war, gegen was oder wen wir hier eigentlich kämpften.

Pat setzte sich in Bewegung und ich folgte ihm in Richtung Gewölbe. Wir waren ständig auf einen Angriff gefasst, aber nichts passierte, während wir durch den Gang liefen. Kurz danach fanden wir uns in einer großen Kuppel wieder, die aus unregelmäßigen Steinen gebaut war, welche dieses unwirkliche Leuchten ausstrahlten. In der Mitte des Gewölbes war ein großer runder gemauerter Schacht im Boden, aus dem gelblicher Rauch aufstieg, der nach Schwefel stank. Uns war klar, dass das alles nicht echt war, aber es musste einen Grund geben, warum man uns hierher geführt hatte.

»Ich hoffe, da geht nicht die nächste Leiter nach unten«, murmelte Pat und näherte sich dem Loch im Boden.

Bevor ich die Warnung, die mir durch den Kopf ging, aussprechen konnte, sprangen zwei undefinierbare Gestalten aus der Öffnung und rissen meinen Partner zu Boden, wobei einer der beiden ihm die Waffe aus der Hand schlug, die in hohem Bogen davonflog.

Mit einem Fluch auf den Lippen stürzte ich nach vorne, doch ich konnte mein Ziel nicht erreichen, denn zwei weitere Gestalten kletterten nach oben und nahmen mich ins Visier. Wesen wie diese hatte ich noch nie gesehen. Ihre Haut war dunkelblau und mit gelblichen Geschwüren übersät, aus denen unaufhörlich Flüssigkeit tropfte. Mir schoss durch den Kopf, dass ich damit auf keinen Fall in Berührung kommen wollte. Die muskulösen Gestalten waren nackt und anscheinend geschlechtslos. Auf ihren Schultern saß ein fast quadratischer Kopf mit rot glühenden Augen. Lange Hauer ragten aus den Mäulern und starres weißes Haar stand von den Köpfen ab.

Ich zog mich wieder ein Stück zurück, kam aber nicht mehr dazu, auch den Colt zu ziehen, denn eine der Gestalten sprang mich an. Aus den Augenwinkeln sah ich, dass es Pat gelungen war, sich aus dem Griff zu befreien und das Schwert zu ziehen. Mein Angreifer hielt sich an meinem linken Arm oberhalb der Kralle fest, so dass ich keine Chance hatte, die Waffe einzusetzen. Gleichzeitig versuchte der andere, hinter mich zu kommen, um mich in den Schwitzkasten zu nehmen. Obwohl mir die Situation gefährlich vorkam, hatte ich das Gefühl, dass die beiden Monster mich nicht mit voller Kraft attackierten, was ich mir nicht erklären konnte. Bei Pat sah es anders aus, hätte er nicht ständig sein Schwert in Richtung der Angreifer geschwungen, wäre er wahrscheinlich schon am Boden.

Als es einem meiner Gegner gelang, seinen Arm um meinen Hals zu legen und zuzudrücken, war ich für einen Moment kampfunfähig. Die Flüssigkeit aus den Geschwüren lief über meine Haut und ich musste ein Würgen unterdrücken. Wieder war ich überzeugt, dass die beiden mich nur in Schach halten wollten, aber dachte nicht daran, abzuwarten, wie sich die Situation entwickelte. Durch den Raum hinweg konnte ich sehen, dass es meinem Partner gelungen war, einem der dämonischen Wesen das Schwert in die Brust zu stoßen. Ein schriller Schrei ertönte und dann löste sich die Gestalt einfach auf. Ich war mir sicher, dass wir hier nur gegen eine Vision kämpften, die aber durchaus tödlich sein konnte. Fast bewegungslos, da meine Gegner mich von zwei Seiten festhielten, versuchte ich sie zu überraschen, indem ich mich zur Seite warf und gleichzeitig in die

Knie ging. Dabei berührte ich mit der Kralle den Gegner, der an meinem Arm hing, und auch er verschwand mit dem durchdringenden Geräusch.

Nun schien die andere Gestalt an meinem Hals effektiver gegen mich kämpfen zu wollen und drückte mit dem Ellbogen gegen meinen Kehlkopf. Ohne Vorwarnung blieb mir die Luft weg, obwohl ich den Mund aufriss und krampfhaft zu atmen versuchte. Bevor ich meinen Gegner mit der Tigerkralle erwischen konnte, blockierte er auch meinen anderen Arm und ich war kampfunfähig. Pat hatte inzwischen gesehen, wohin seine Waffe geflogen war und sie wieder an sich genommen. Bevor sein Angreifer ihn erneut anfallen konnte, schoss er ihm eine Silberkugel in den Kopf und das Ungeheuer verschwand auf der Stelle.

Dann sah er, in welcher Lage ich mich befand, und zielte auf das Wesen, das mich umklammerte, als eine Stimme ertönte: »Wenn dir sein Leben etwas bedeutet, nimm die Waffe runter!«

29

Mehrere Dinge geschahen gleichzeitig.

Um uns herum veränderte sich die Umgebung und der schmutzige Keller kehrte zurück, jedoch waren alle Möbel verschwunden. Pat und ich standen näher beieinander, aber er war zu weit weg, um mich zu erreichen. Hinter mir stand immer noch das Wesen, das mich umklammert hielt, auch wenn es den Druck etwas gelockert hatte und ich wieder atmen konnte.

Rechts von mir erschienen plötzlich drei Männer. Als ich den Kopf drehte, zuckte ich zusammen, denn einer von ihnen hatte keine Augen mehr und blutige schwarze Höhlen starrten uns an. Die beiden anderen, ein großer junger Mann mit Locken und ein kleinerer mit Brille, sahen unversehrt aus. Alle drei waren von dem grünlichen Licht umgeben, das uns die ganze Zeit begleitet hatte. Pat sah mich an und ich nickte unmerklich. Sofort zielte er nicht mehr auf das Wesen hinter mir, sondern richtete den Colt auf die drei Männer. Gleichzeitig verzogen alle ihre Münder zu einem amüsierten Lächeln.

»Du willst doch diesen unschuldigen Menschen, die das Pech hatten, Gefäße für unsere Körper zu sein, nichts antun? Immerhin könnte es ja sein, dass wir sie am Leben lassen, wenn wir hier fertig sind«, entgegnete der Lockenkopf mit gespielter Dramatik in der Stimme. Pat ließ die Waffe ein wenig sinken, behielt die Männer aber weiterhin im Visier.

»Was wollt ihr?«, rief ich, mein Hals schmerzte noch von dem Druck.

Der Lockenkopf schien der Wortführer zu sein. »Ist das nicht klar?«

Er machte eine Handbewegung in der Luft und zwei weitere der Wesen, gegen die wir gerade gekämpft hatten, erschienen rechts und links von meinem Partner.

»Deshalb haben mich Eure Kreaturen so halbherzig angegriffen. Ihr wollt mich.«

Während sich alle auf mich konzentrierten, wechselte Pat die Position und schoss einem der neu entstandenen Wesen in den Kopf. Noch einmal hörten wir das unerträgliche Kreischen, dann war es verschwunden.

»Wir können das Spiel noch ewig weiterspielen. Aber wie du schon richtig gesagt hast, gibt es einen Grund, warum wir hier sind und uns mit euch beschäftigen. Du hast mächtige Feinde, weißt du das eigentlich? Und es gibt jemanden, der deine Waffe und dich unbedingt in seine Gewalt bringen will. Und deshalb hat er uns geschickt.«

»Gagdrar«, sagte ich verächtlich. »Ist er so feige, sich nicht selbst zu zeigen?«

Mein Mut war eher gespielt, ich hatte meine letzte Begegnung mit ihm nicht vergessen, die beinahe in einer Katastrophe geendet hätte[1].

---

[1] Siehe Band 4: Hotel der Alpträume

»Sagen wir einfach, er hat andere Dinge zu tun. Ihr zwei seid nicht die Einzigen, um die er sich kümmern will. Aber es ist effektiver, nicht gegen alle auf einmal zu kämpfen.«

Mir wurde heiß und kalt zugleich. Was hatte das zu bedeuten? Hatte der Statthalter es jetzt auf Tom und Ingrid abgesehen oder auf Diego? Was war mit Sara? Wir mussten hier raus. Fieberhaft überlegte ich, was jetzt zu tun sei. Wenn der Mann mit den Locken die Wahrheit sagte, dann waren die drei Menschen vor uns von Dämonen besessen, die gerade zu uns sprachen. Es widerstrebte mir, Pat einfach auf sie schießen zu lassen, auch wenn ich der Aussage, dass sie das Ganze hier vielleicht überleben würden, nicht wirklich glaubte. Aber ich konnte es auch nicht ganz ausschließen, also schüttelte ich fast unmerklich den Kopf und Pat wusste sofort, was ich meinte. Dennoch mussten wir etwas tun. Ich überlegte, wie viele Patronen mein Partner noch in seiner Waffe hatte. Bisher hatte er zwei Schüsse abgegeben, also waren noch sechs übrig. Genug, aber ich wollte zuerst versuchen, mehr aus den Dämonen herauszubekommen und vielleicht auch die Menschen zu retten. Aber ich musste entscheiden, dass wir einen unserer menschlich aussehenden Gegner ausschalten mussten, um einen Überraschungseffekt zu erzielen. Zwar könnten wir auch die anderen Wesen vernichten, aber damit rechneten sie, doch wenn es einen von ihnen erwischte, wären sie zumindest kurzfristig überrumpelt und wir könnten zur Tat schreiten. Pat hielt die Waffe immer noch so, dass er jederzeit schießen konnte, während mich das Wesen hinter mir weiterhin in Schach hielt, aber ich war überzeugt, mich aus seiner Umklammerung befreien zu können.

Ein letztes Mal suchte ich den Blickkontakt mit meinem Partner und mit Bauchschmerzen traf ich eine Entscheidung: »Der ohne Augen!«

30

Pat reagierte sofort. Er riss die Waffe hoch und schoss dem Mann, dem die Augäpfel fehlten, in den Kopf. Der flog nach hinten, prallte gegen die Wand und rutschte leblos an ihr hinunter, während das grüne Licht um uns herum zu flackern begann.

Die beiden anderen ›Männer‹ hatten anscheinend nicht mit dieser Art der Gegenwehr gerechnet, so dass wir einen kurzen Moment Zeit hatten, den nächsten Schritt zu unternehmen. Wie ich es erwartet hatte, zielte Pat auf das verbliebene Wesen mit der dunkelblauen Haut, doch bevor er abdrücken konnte, hatte es ihn umgerissen. Jetzt zählte jede Sekunde, um zu verhindern, dass die Dämonen weitere Helfer erschufen. Ich nutzte die kurze Unaufmerksamkeit meines Bewachers und drehte mich zur Seite. Es gelang mir, mich ein wenig aus der Umklammerung zu lösen. Für einen minimalen Augenblick konnte ich mit der Baghnakh agieren und stieß sie dem Wesen in die Seite. Kreischend verschwand auch dieses Geschöpf.

Erneut musste ich eine Entscheidung treffen, aber, und das wurde uns schon in der Ausbildung eingetrichtert, der Kampf gegen dämonische Wesen hat immer Vorrang. Daher sah ich mich gezwungen, Pat vorerst seinem Gegner zu überlassen, und schickte mich an, die kurze Distanz zu den verbleibenden Männern zu überwinden. Schnell drückte ich dem Brillenträger die Klinge der Kralle ins Gesicht, in der Hoffnung, dass der Dämon in ihm verschwinden würde. Mein Plan ging auf, doch ohne Vorwarnung gab der Körper des Mannes nach und fiel zu Boden. An seinen gebrochenen Augen konnte ich erkennen, dass er die Übernahme des Dämons bedauerlicherweise doch nicht überlebt hatte. Während er fiel, verließ eine grüne Lichtwolke seinen Körper, durch die ich gezielt mit der Kralle fuhr. Das Licht wurde kurz schwächer und verschwand dann ganz. Ob ich den Dämon damit getötet hatte oder ob er nur verschwunden war, vermochte ich nicht zu sagen.

Die ganze Aktion konnte nicht länger als dreißig Sekunden gedauert haben und erst jetzt wurde unserem verbliebenen Gegner klar, dass sich das Blatt gewendet hatte. Hinter mir hörte ich einen Schuss und nahm an, dass es meinem Partner gelungen war, das geschaffene Monster zu erlegen. Bevor der Lockenkopf erneut Helfer erschaffen oder gar fliehen konnte, riss ich ihn zu Boden, setzte mich auf ihn und hielt die Tigerkralle einen Millimeter vor eines seiner Augen.

»Beende es«, rief Pat, als er zu uns kam.

»Warte«, antwortete ich. Zuerst wollte ich versuchen, wenigstens diesen Mann zu retten, wenn wir es schon bei den beiden anderen nicht geschafft hatten. »Wie ist dein Name, Dämon?«

Der Mann warf mir einen verächtlichen Blick zu. »Das kann dir doch egal sein. Du wirst mich sowieso töten.«

»Und wenn ich dich verschone und du im Gegenzug diesen Mann freilässt? Aber zuerst wirst du mir erklären, was Gagdrar von mir will.«

Der Dämon lächelte verächtlich, spürte aber meinen Drang, mehr darüber zu erfahren, warum man mich vernichten wollte. Dann veränderte sich für einen Moment sein Gesichtsausdruck und ich spürte seine Angst.

»Glaubst du wirklich, Gagdrar verrät uns seine Beweggründe?«

Er hielt inne, als wolle er darüber nachdenken, was sie für den Statthalter bedeuteten, aber dann kehrte das Lächeln zurück und er fuhr fort: »Du glaubst, uns zu kennen, aber du hast gar nichts verstanden. Alles dient einem Zweck. Macht und Seelen. Wie wir das erreichen, ist uns egal. Aber ihr Jäger seid auch da und wollt das verhindern. Also denken wir uns immer etwas Neues aus. Damit beschäftigen wir euch. Und manchmal gelingt es uns sogar, einen von euch zu töten. Oder noch besser – ihn zu einem Werkzeug für uns zu machen. Das ist dann ein Erfolg.«

Sein Grinsen wurde noch breiter, als er merkte, wie mich seine Aussage traf. Sollte es wirklich so einfach sein? Eine ständige Bedrohung, weil wir Menschen Spielball und so etwas wie Nahrung im

Wettstreit der Dämonen waren? Pat beugte sich vor und presste die Mündung seines Colts gegen den Kopf des am Boden liegenden Mannes. Ich konnte ihm ansehen, dass auch ihn die Aussage des Dämons schmerzlich getroffen hatte.

»Aber warum dieser ganze Aufwand? Diese Visionen für die Menschen und dann für uns?«

Lockenkopf warf meinem Partner einen verächtlichen Blick zu. »Du verstehst es wirklich nicht. Weil es uns Spaß macht. Wir lieben es, Menschen zu verwirren, zu manipulieren, mit ihnen zu spielen. Sie einfach zu töten wäre so langweilig. Natürlich gibt es Wesen, denen das reicht. Werwölfe, Vampire und andere, von denen man immer wieder hört. Aber es ist ein bisschen wie beim Kochen. Ohne Gewürze schmeckt es nicht. Und was für euch die würzenden Zutaten sind, ist für uns eure Angst. Je intensiver, umso schmackhafter.«

Für einen Moment hatte ich das Gefühl, Pat würde gleich abdrücken, und ich warf ihm einen warnenden Blick zu. Mit zusammengekniffenen Lippen trat er einen Schritt zurück, den Kopf des Mannes weiterhin im Visier.

»Und die Falle für uns?«, fragte ich noch einmal. »Wozu das Ganze?«

»Du warst es, den wir wollten. Dein Partner war nur ein nützliches Beiwerk. Entweder, um uns von seiner Angst zu ernähren, oder um ihn als Geisel gegen dich einzusetzen. Nun, da es uns nicht gelungen ist, dich und deine Waffe dem Statthalter auszuliefern, gibt es für mich keinen Grund mehr, hierzubleiben. Du weißt jetzt, was du wissen wolltest.«

Bevor ich reagieren konnte, hob der Mann mit einem Ruck den Kopf vom Boden und rammte sich die Klinge der Tigerkralle ins Auge!

31

Wir ließen die drei Toten in dem schmutzigen Keller zurück und gingen zum Auto. Jetzt, wo die Dämonen das Haus verlassen hatten, war es nur noch eine verlassene Ruine, die Schauplatz schrecklicher Ereignisse gewesen war.

Am Auto angekommen, riefen wir als erstes in der Zentrale an. Tom meldete sich und ich hörte an seiner Stimme, wie müde er war. Ich war mir nicht sicher, wie lange er nicht mehr geschlafen hatte, aber wir mussten sicherstellen, dass er als Diegos Vertreter Unterstützung bekam.

»Wie ist es gelaufen?«, fragte er schleppend. »Braucht ihr noch Hilfe?«

»Alles erledigt, wir werden später oder morgen berichten. Was ist mit Diego?«

»Ingrid ist auf dem Weg zurück ins Hauptquartier. Wenn ihr auch kommt, können wir uns unterhalten. Muss bei euch noch etwas erledigt werden?«

Tom meinte, dass nach unseren Einsätzen oft Leute von der Organisation geschickt werden, um die Tatorte zu betreuen. Ich erzählte ihm kurz, was passiert war und dass wir uns um drei Tote kümmern mussten, von denen wir nicht wussten, wer sie waren. Wie üblich würden wir sie der Polizei übergeben, die dann versuchen würde, ihre Identität zu klären.

»Wir müssen uns mehr in Acht nehmen«, nahm ich den Faden wieder auf. »Wenn man den Dämonen glauben kann, hat Gagdrar etwas vor. Jeder von uns kann ein Ziel sein, auch wenn ich nicht sofort damit rechne, weil er sich vielleicht eine neue Strategie überlegen muss. Ich rufe gleich Sara an, um zu sehen, wie es ihr geht.«

»Das ist nicht nötig«, antwortete Tom. »Ich habe vor einer Viertelstunde mit ihr gesprochen. Wir haben heute öfter telefoniert. Sie ist jetzt im Bett und ich denke, du rufst sie besser morgen an.«

»Danke, Tom. Bis gleich.«

Während des Gesprächs hatte Pat schon ein gutes Stück des Weges zur Zentrale absolviert, so dass es nur noch wenige Minuten dauerte, bis wir zurück waren. Tom und Ingrid saßen im Konferenzraum. Beide hatten dunkle Ringe unter den Augen, wobei ich den Eindruck hatte, dass Tom noch erschöpfter war als Ingrid. Wir nahmen eine Flasche Wasser aus dem Kühlschrank und setzten uns. »Wie geht es Diego?«, fragte ich.

Ingrid lächelte ein wenig, aber nicht fröhlich. »Die Operation ist gut verlaufen. Sie konnten sein Bein retten, aber so wie es aussieht, wird es für immer steif bleiben. Nicht schön, aber besser als es zu verlieren. Im Moment liegt Diego noch auf der Intensivstation. Tom hat die Polizisten gegen ein paar Männer mit Spezialausbildung ausgetauscht, die dafür extra nach London gekommen sind. Für heute sollten wir also Schluss machen.«

Pat stand auf und streckte sich. »Alles klar. Dann werde ich jetzt nach Hause fahren und ein paar Stunden schlafen. Tom, soll ich dich mitnehmen?«

»Nein, danke. Ich bleibe noch ein bisschen. Vielleicht schlafe ich auch hier.«

Ich wollte mich kurz einmischen, ließ es dann aber bleiben und erhob mich. »Willst du mitfahren?«, fragte ich Ingrid, die nickte und ebenfalls aufstand.

»Gute Nacht, Tom. Arbeite nicht mehr so lange«, sagte sie, nahm ihre Jacke von der Stuhllehne und zog sie an.

Während Pat das Gelände verließ, gingen Ingrid und ich langsam zum Auto. Ich erinnerte mich an meinen ursprünglichen Plan, sie auf einen Drink einzuladen.

»Was meinst du? Hast du Lust, mit mir etwas trinken zu gehen? Bei mir um die Ecke gibt es einen netten neuen Pub.«

Ich merkte, dass meine Stimme etwas nervös klang und wie gut ich mich fühlte, als sie sich mit einem Lächeln bei mir unterhakte und ich für einen Moment den Druck ihrer Brust an meinem Arm spürte.

»Ich dachte schon, du fragst gar nicht mehr.«

32

Gagdrar war mit dem Verlauf der Aktion nicht ganz zufrieden. Zwar hatte es einige Opfer gegeben, aber sein eigentliches Ziel, Isaac Kane und die Baghnakh in seine Gewalt zu bringen, hatte er nicht erreicht. Aber die Erfahrung hatte ihm gezeigt, dass es zu viele Einflüsse gab, die er nicht kontrollieren konnte.

Kane und sein Partner hatten durch ihren Kampf dafür gesorgt, dass die Drillinge in ihre Dimension zurückgekehrt waren. Natürlich konnte man sie töten, aber dazu brauchte man andere Waffen als die, die den Dämonenjägern zur Verfügung standen. Vielleicht würde es in der Zukunft noch einmal eine Möglichkeit geben, Bilgrak, Canzool und Zenomis einzusetzen, aber erst einmal mussten sie bestraft werden, weil sie ihren Auftrag nicht erfüllt und seine Absichten ausgeplaudert hatten.

Da er Kane und dessen Waffe nicht hatte, würde er fortfahren, das Team zu schwächen und ihre momentane Situation auszunutzen. Er hatte von seinen Spionen erfahren, dass dieser Garcia im Krankenhaus überlebt hatte und bewacht wurde, aber es gab sicher einen Weg, etwas gegen ihn zu unternehmen. Jetzt aber hatte er zunächst einen anderen Gegner im Auge, der ihm im Augenblick am verwundbarsten erschien und bei dem er deshalb leichtes Spiel haben sollte. Sobald wie möglich würde er ihn mit Dingen konfrontieren, denen er in seinem jetzigen Zustand nicht gewachsen war. Und so konnte er sie einen nach dem anderen angreifen und vernichten. Zumal sich auch Ian West in seiner Gewalt befand und unter der Last der ihm auferlegten Qualen von Tag zu Tag schwächer wurde.

Es war an der Zeit, zur Erde zurückzukehren, doch zuvor sandte er noch einen kleinen Teil seiner Energie durch die Dimensionen, um ein weiteres Rädchen in Gang zu setzen. Gagdrar lächelte.

Epilog

Als sie die Augen öffnete, wusste sie einen Moment lang nicht, wo sie war. Sie fror, das Nachthemd klebte an ihrem schweißüberströmten Körper und ihr Atem ging schwer. Sie war sich nicht sicher, ob es ein Traum gewesen war, in dem Isaac mit ihr gesprochen und auf sie gewartet hatte.

Er hatte sie direkt angeschaut, aber irgendetwas schien nicht zu stimmen mit diesem Gesicht, das ihr sonst so vertraut war. Es war voller Schmerz, als müsse der Körper unendliches Leid ertragen. Sie streckte die Hand nach ihm aus, wollte ihn berühren, aber sie konnte ihn nicht erreichen. Auch der Versuch, auf ihn zuzugehen, scheiterte. Etwas hielt sie fest, umklammerte sie beinahe und machte es ihr unmöglich, sich zu bewegen. Sie schloss die Augen und konzentrierte sich darauf, das Hindernis zu überwinden, öffnete sie wieder und stellte fest, dass sie sich nicht in einem Traum befand.

Sie war in ihrem Hotelzimmer, und das Gefühl des Steckenbleibens kam von ihren Füßen, die sich unnatürlich in der Bettdecke verheddert hatten. Wieso war sie darin hängen geblieben? Ich muss mir dringend die Zehennägel schneiden, dachte sie und strampelte weiter. Frierend und erschöpft ließ sie sich schließlich nach hinten fallen und schloss die Augen.

Sie war so unglaublich müde und genoss die Stille des Moments. Dann hörte sie von irgendwoher den Lärm der Straße, aber viel intensiver als sonst. Das Hupen eines Autos, das Klingeln eines Fahrrads, den Blinker eines Abbiegers und den Abrieb der Reifen auf dem Asphalt. Sie war irritiert. Normalerweise bestand der Straßenlärm aus einer undefinierbaren Mixtur von Geräuschen, doch heute konnte sie jedes einzelne von ihnen auseinanderhalten. Die Lautstärke schwoll an und verursachte ihr fast körperliche Schmerzen. Plötzlich hörte sie die Stimmen von zwei Menschen, unten auf der Straße, und mit einem Mal war sie sich sicher, den Stimmen Gesichter zuordnen zu können. Gesichter, die sie schon einmal gesehen hatte.

Panik stieg in ihr auf, während ihre Füße immer noch mit der Bettdecke kämpften. Sie zwang sich zur Ruhe und starrte auf einen Fleck an der Decke, den sie allmählich als tote Fliege identifizierte. Offenbar hatte jemand etwas nach ihr geworfen und sie getroffen. Jetzt klebte ihr zerquetschter Leib für immer an der Tapete des Hotelzimmers, und Sara spürte, wie ihr plötzlich übel wurde. Außerdem überkam sie ein heftiger Juckreiz am ganzen Körper, der vom Schweiß zu kommen schien. Sara beschloss zu duschen und fast im selben Moment gelang es ihr, mit den Füßen die Bettdecke abzustreifen.

Als sie auf ihre Nägel blickte, die zu schneiden sie sich vorgenommen hatte, blieb ihr der Schrei, den ihr Gehirn sofort geformt hatte, im Halse stecken, und außer einem gequälten Stöhnen war nichts zu hören. Fassungslos blickte Sara auf ihre Füße und sah statt heller Haut und rosa lackierter Zehennägel schwarze Haare und dunkle Krallen. Mit einem Ruck riss sie sich die Bettdecke von den Beinen, auf denen ebenfalls schwarze Haare wuchsen.

Das Letzte, was Sara sah, bevor sie einen markerschütternden Schrei ausstieß, waren ihre zu Pranken geformten Hände, die einen starken Kontrast zu der weißen Decke bildeten.

Unten auf der Straße blieben zwei Menschen, die sich gerade noch angeregt unterhalten hatten, abrupt stehen und fragten sich voller Schrecken, woher das Wolfsgeheul gekommen war, ehe sie schnellen Schrittes diesen Ort verließen.

ENDE

Hardcover Bonuskapitel

Die Geschichte für Band 9 hatte ich schon lange im Kopf, aber sie wollte irgendwie nicht in das Konzept der Serie passen – zumindest nicht zu dem Zeitpunkt, als ich sie entwickelte. Jetzt ist es an der Zeit, sie in die Handlung einzubauen, denn jetzt stimmen die Vorzeichen und das, was ich im Hintergrund noch vorhabe, kann nun damit verknüpft werden. Die Grafiken zeigen einige Inspirationen für mich, wie der Laden von außen aussehen könnte, einen möglichen Blick ins Innere und eine Idee für den Keller. Wenn ihr den Text aufmerksam gelesen habt, ist euch sicher schon klar, dass die *Bibliotheca Abyssi* in Zukunft noch eine weitere Rolle spielen wird und dass das *Tenebris Clamor*, aus dem Gagdrar liest, nicht das einzige Buch darin ist. Auf dem Bild sehen wir bereits das *Lux Animae*, welches ein Gegenstück dazu darstellt. Das letzte Bild ist dann das ›Astronomy‹ – diejenigen von euch, die schon länger dabei sind, wissen den Namen einzuordnen[1].

---

[1] Siehe Band 4 - Hotel der Alpträume

Mystische Bücher

Hidden Shadow Inspiration

Ein Buchladen?

Kellerimpression

Astronomy

Isaac Kanes Leserseite

Die Serie *Dämonenjäger Isaac Kane* ist eine bewusste Hommage an die Heftromanserien der 70er und 80er Jahre. Etwas, das ich als Leser immer sofort angeschaut habe, wenn ich ein neues Heft meiner Lieblinge wie *John Sinclair*, *Tony Ballard*, *Der Hexer* oder *Larry Brent* in der Hand hatte, war die Leserseite. Gerade der Austausch der Autoren oder Redakteure mit den Leserinnen und Lesern, das Einfordern und Aufgreifen von Vorschlägen oder auch die Diskussionen darüber, welche Figuren aufgewertet werden oder sterben sollten, hat mich immer fasziniert und begeistert.

Vor allem, wenn sich die Autorinnen und Autoren wirklich dafür interessierten, was den Fans an der Serie gefiel oder auch nicht, dann ging der Kosmos der Serie über das Papier hinaus, auf dem sie gedruckt wurde.

Und genau das möchte ich mit *Dämonenjäger Isaac Kane* erreichen! Auch wenn ich als Autor in erster Linie selbst Spaß daran haben möchte, meine Serie zu schreiben und weiterzuentwickeln, ist mir Dein Feedback (ja, ich schaue Dich gerade an!) wichtig. Ich freue mich, wenn Dir die Serie gefällt und Du sie weiterempfiehlst. Ich freue mich aber auch, wenn Du Vorschläge hast, wie *Dämonenjäger Isaac Kane* in Zukunft aussehen könnte!

Welche Gegner interessieren Dich? Wie findest Du das Konzept der Serie bisher? Wovon bist Du mehr Fan – mehr Action oder mehr Atmosphäre? Oder, oder, oder …?

Als Entwickler einer Geschichte schreibt man zunächst immer für sich selbst. Aber wenn man sich dazu entschließt, seine Ideen mit Leserinnen und Lesern zu teilen, ist der konstruktive Austausch meiner Meinung nach ein wichtiger Teil der Weiterentwicklung – vor allem, wenn es sich um eine Serie handelt, die bewusst mit einigen Geheimnissen gestartet wurde und viel Potenzial bieten soll. Also – fühl Dich herzlich eingeladen, Teil der Welt von Isaac Kane zu werden! Bring Dich ein und hilf mit, die Welt unseres Helden noch interessanter zu machen. Und vielleicht hilft die Leserseite ja auch, Kontakte zwischen den Fans zu knüpfen – so wie es bei meinen oben genannten Vorbildern oft der Fall war!

Achtung: Bitte keine Nachrichten per Post! Für Fragen, Anregungen und Kontaktaufnahme bitte immer die unten stehende Mailadresse verwenden – vielen Dank!

---

isaac-kane@schreibwerkstatt-gilga.de

Bitte teile mir mit, wenn ich Deinen Leserbrief NICHT oder nur anonym veröffentlichen soll, da ich sonst bei allen Einsendungen davon ausgehe, dass eine Veröffentlichung auf der Leserseite gewünscht ist! **Dann habe ich noch eine persönliche Bitte, die mir als Self-Publisher sehr hilft. Wenn dir der Roman gefallen hat, würde ich mich über eine positive Rezension auf Amazon sehr freuen. Aber wie gesagt, nur wenn du magst und es dir gefallen hat.**

Zurzeit ist die Zahl der Leserbriefe etwas zurückgegangen, was sicher auch daran liegt, dass der letzte Band aus Krankheitsgründen auf den 19. Dezember verschoben werden musste und wir alle über die Feiertage und zu Beginn des neuen Jahres oft sehr beschäftigt sind. Daher heute einmal ein wenig Feedback aus dem **Gruselroman-Forum** (Es bleibt der Hinweis – immer empfehlenswert, ob auf Facebook oder der eigenen Homepage), aber auch ein regulärer

Brief, der mich erreicht hat. Nicht vergessen – letztlich inspiriert mich euer Feedback. Wir beginnen mit **Das Gleichgewicht** und einer Kritik zu Band 7 – Die Vampir-Allianz:

Ich hatte mir von diesem Band mehr erwartet. Etwas anderes als das ›Monster of the Week‹. Eine große Entwicklung oder Enthüllung für den Protagonisten. Gut, der wird am Ende wieder ein Stückchen misstrauischer, was es mit seinem Boss auf sich hat. Ansonsten erfährt man die Enthüllung aber direkt am Anfang des Bandes. Ian West hat eine Allianz mit dem zivilisierten Londoner Vampirclan, damit keine schlimmeren Blutsauger sich in der Metropole breitmachen. Das sollen die Helden in diesem Band verhindern und schaffen es auch. Am Ende wird es um mehr gehen als nur um ein paar Blutsauger in London, aber ich hülle mich einmal in Schweigen.

Wenn ich keine anderen Erwartungen gehabt hätte, hätte mich der Roman sicher wieder durchgängig spitzenmäßig unterhalten. Es gibt zwei konstruierte Szenen, wo Figuren für mich nicht nachvollziehbar handeln. Der Angriff auf den Pub und dann das Auftauchen einer Figur zum Finale. Davon abgesehen kann ich mich nicht beklagen.

Danke für das Lob. Schade, dass Dir die Konstellation zu konstruiert erschien, aber letztlich hat jeder eine andere Sichtweise. Und dass Nicolai Byron am Ende auftaucht, mag konstruiert wirken, wird aber in späteren Bänden noch wichtig werden. Wie gesagt – ich habe einen Plan, und der braucht vielleicht seine Zeit.

Mein Motto ist wieder: Der Roman ist SEHR GUT, aber die kleinen Kritikpunkte verwehren ihm die Top-Wertung. Es sind immer ein paar Kleinigkeiten und da sind ja für jeden Leser andere Dinge wichtig, das will ich dem Autor gar nicht ankreiden. Ich habe im Zweifel lieber einen »langweiligen« Roman, der für mich von vorne bis hinten Sinn macht und ohne zu übertriebene Heftromanzufälle auskommt. Damit bin ich sicher in der Minderheit, die meisten Leser werden sich an solchen Dingen überhaupt nicht stören. 8 von 10 Punkten von mir, ich kann aber jede Top-Wertung absolut nachvollziehen.

Mit der Zusammenfassung kann ich als Autor doch wunderbar leben. Vielen Dank dafür! Interessant fand ich dann deine Kritik zu

Band 8, die ich in Auszügen hier auch noch einbringen möchte, da sie einen interessanten Aspekt mitbringt:

Abgesehen von einigen Details, einer neuen Nebenfigur und dem Epilog ist das ein völlig »normaler« Fall der Woche für Isaac. Daraus kann sich später einiges entwickeln. Das Monster der Woche ist nur stillgelegt und nicht besiegt. Der Oberbösewicht spinnt sein Netz und möchte das Monster später noch mal für seine Pläne benutzen. Ich kann mir gut vorstellen, dass zum Finale der ersten »Staffel« viel zusammenkommt und aus den klassischen Fällen der Woche ein großes Ganzes wird. So wie man es vielleicht aus den ersten Staffeln der Monsterjägerserie ›Supernatural‹ kennt.

Zu ›Supernatural‹ sage ich unten noch etwas. Spannend fand ich deine Bemerkung zur »Staffel«, worüber ich noch nie nachgedacht habe. Aber wenn ich mir die Planung ansehe, die mit den Bänden 10 und 11 in einen Zweiteiler mündet, der einiges verändern wird, bevor es dann voraussichtlich mit Band 12 »Der vergessene Dämon« weitergeht, dann scheine ich unbewusst in diese Richtung gearbeitet zu haben ODER das Eigenleben meiner Figuren (als Autor ist man immer wieder überrascht, was die eigenen ›Leute‹ so unternehmen) hat so entschieden.

Weiter geht es mit **Alexander** aka **Kualumba,** auch zu Band 7 und mit einer ähnlichen, aber auch anderen Sicht sowie ebenfalls einer Parallele zu den Winchester-Brüdern:

Diesmal bin ich richtig geflasht. Ich mag Vampirgeschichten, und habe mich auf diesen Roman gefreut. Meine Erwartungen wurden sogar noch übertroffen. Der Opener war wirklich gut. Wir lernen hier einen weiteren der 6 Statthalter kennen. Und der hat es in sich. Es kommt ein dunkles Geheimnis von Ian West ans Tageslicht und gruseltechnisch geht es richtig rund. Gedanklich komme ich noch schwer in die 70er rein, da ich bei Pat und Isaac immer an ›Supernatural‹ denken muss. Aber wenn dann einer zum telefonieren zur nächsten Telefonzelle rennt, kommt dann wieder ein »Ach ja, wir sind ja in den 70ern.« Auf den nächsten Band bin ich auch gespannt, da es sich um Exorzismus handelt. Das Thema taucht nicht so häufig in Gruselromanen auf, aber in letzter Zeit kamen mal wieder ein paar kurzweilige Filme zum Thema in die Kinos. Gespannt bin ich auf den Zweiteiler Band 10 und 11. Da soll noch so einiges an Hintergrundstory vorangetrieben werden.

Das Titelbild finde ich sehr gut. Es ist sehr atmosphärisch und kommt knapp an das Titelbild mit der Mumie von Band 6 ran.

Danke schön. Ich mag den Vergleich mit ›Supernatural‹. Die Serie hat mir viel Spaß gemacht und natürlich wird man von dem, was man selbst liest oder schaut, inspiriert. Schön, dass dir auch das Titelbild wieder gefällt. Und vielen Dank natürlich auch für die nette Kritik zu Band 8, über die ich mich auch gefreut habe, da sie für mich noch ein wenig positiver ausgefallen ist, als die zu Band 7.

Kommen wir nun zu den Zuschriften zum ersten Sonderband der Reihe von Michael Blihall – Das Grauen schleicht durch Wien. Da Michael Blihall einigen als Autor im Gespenster-Krimi, Professor Zamorra, Jerry Cotton und bald auch Maddrax bekannt ist, waren viele neugierig, wie sein Einstieg in die Welt von Isaac Kane ausfallen würde. Beginnen wir mit **Carsten**, der als **Iceman76** Betreiber des Forums ist. Nach seiner kurzen Zusammenfassung der Geschichte ist dies sein Fazit:

Für diese (Vor-)Geschichte vergebe ich ein absolut verdientes »sehr gut« mit ganz starker Tendenz zu »top«! Michael Blihall hat die Geschichte tatsächlich so verfasst, als hätte er bereits X Isaac-Kane-Romane geschrieben. Man findet sich sofort in der Erzählweise der ursprünglichen Reihe wieder! Das hat mir ganz ausgezeichnet gefallen!! Da kann man nur hoffen, dass dies nicht der letzte Sonderband von Michael Blihall bleiben wird!

Danke für das Lob. Ich bin sicher, Michael wird sich auch darüber freuen. Ob wir dieses Experiment wiederholen, hängt natürlich auch davon ab, wie erfolgreich so ein Sonderband ist. Im Moment ist Michael noch ziemlich ausgelastet, aber ich bin mir sicher, dass wir in diesem Jahr noch einmal darüber plaudern werden.

Gut angekommen ist der Band auch bei **Knollo**:

Im Grunde genommen bin ich recht sprachlos über diesen Sonderband 1 im Kaneuniversum! Als wäre der Autor schon immer in der Serie unterwegs, rauscht dieser Teil einfach nur an mir vorbei und fügt sich nicht nur Gut ein, sondern ist auch schreibtechnisch allererste Sahne. Thematisch war der Vorschautext im Vorfeld für mich der Lesekiller schlechthin, ideal um eigentlich damit schon vorher abzuschließen und die Finger davon zu lassen. Allerdings stolperte ich im Nachhinein über die textliche Aussage des Herrn Autor, was er noch so alles auf der Agenda für die nächste Zeit hat. Bei der Erwähnung von Maddrax war für mich klar, dass ich das sofort für mich abklären muss, uneins ob mein Augenrollen mehr der Preiserhöhung der Kanetaschenbücher oder dem vorliegendem Band galt! Das meine Bewertung nicht über ein »sehr gut« hinausgeht, ist dann eher marginal, teilt sich ein wenig zwischen der dann doch nicht ganz so schlimm wie gedacht angekündigten Thematik und auch, da ich ja keine Ahnung hatte wie weit österreichisch und deutsch hier auseinanderliegen. Zumindest wenn ich es den massig sprachlichen Übersetzungen im Heft zugrunde lege. Für den Spaß an der Lektüre ist es aber obsolet, ich zumindest wurde positiv überrascht. Sollte man als Serienfan nicht außen vor lassen.

Ich freue mich, dass dir der Band dann doch noch so gut gefallen hat und hoffe, dass die Preiserhöhung, die leider nach einem Jahr notwendig wurde, für dich kein Grund ist, der Serie den Rücken zu kehren.

Noch einmal **Kualumba** – dieses Mal aber etwas kürzer, aber auch ein großer Dank für diese Kritik:

Ein sehr gut geschriebener Roman(Schreibstil), dessen erste Hälfte etwas weniger Tempo hat. In der zweiten Hälfte umso mehr. Das Thema hat mich nicht ganz so abgeholt und Opfer Nr. 3 hat mich geschockt. Trotzdem insgesamt ein stimmiger Roman, der gut ins Kane-Universum passt.

Als kleine Ergänzung – Opfer 3 hat mich beim ersten Lesen auch schockiert und ich war mir nicht sicher, ob ich es so lassen oder Michael bitten sollte, es zu ändern. Letztendlich fand ich es aber stimmungsvoll und wichtig, um die Antagonisten zu charakterisieren.

Der letzte Brief dazu im Gruselroman-Forum ist wieder von **Das Gleichgewicht**, dem die Geschichte nicht so gut gefallen hat:
Nach den Andreas Brauner Romanen beim GK war ich positiv gespannt, was Michael Blihall zustande bekommt, wenn er mal richtigen Monstergrusel mit knallharten Geisterjägern schreibt und keine bodenständigen Spukphänomene von ›Normalos‹ untersuchen lässt. Leider ist dann etwas eingetreten, was die Brauner-Reihe nicht so extrem hat. Wiener Lokalkolorit. Nicht nur im gesamten Schreibstil und der Atmosphäre fällt das auf. Ich habe mal grob durchgezählt. Auf dem normalen Umfang eines Heftromans (um die 60 Seiten) gibt es über 30 Fußnoten. Die Geschichte ist also extrem vollgepackt mit Wiener Lokalbegriffen. Die Nazis sind auch so eine Sache. Die sind überall vertreten. Nicht nur die Lokalität drückt dem Abenteuer ihren Stempel auf, sondern auch der Nachkriegszeitraum. Gefühlt hat jeder irgendeine Verbindung zu den Nazis oder Gedanken dazu. Und wenn es Nebenfiguren sind, die eh drei Seiten später vom Krokodilschutzgeist gefressen werden. Die Geschichte an sich ist in Ordnung, aber eindeutig auf die Zielgruppe des »Heimatkrimis« zugeschnitten. Oder wie heißt die Sparte? Da ich so was meide, wie der Teufel das Weihwasser, habe ich keine Ahnung. Es sind ja nicht nur die reinen Örtlichkeiten und Szenebegriffe, sondern auch die übertriebenen Darstellungen. Wo beim Bergdoktor (den lasse ich manchmal nach den Nachrichten noch im Hintergrund laufen, ich gebe es zu) jeder sein Eigenheim mit Alpenkulisse hat, artig angezogen ist und brave Musik hört, so zieht sich hier der Wiener Schmäh durch alle Figuren und Beschreibungen. Da sind mir die Brauner-Romane lieber, wo es viel ruhiger zur Sache geht, aber das Lokalkolorit nur nette Hintergrundbeschallung ist. 4 von 10 Punkten und ein MITTEL. Für Wiener Heimatkrimifreunde aber genau das Richtige.
Da es nicht mein Band ist, überlasse ich die Antwort Michael. Vielleicht schreibt er ja einen Leserbrief für die nächste Ausgabe. Wir haben vorher darüber gesprochen, dass er Lokalkolorit einbringt, und ich war sehr neugierig. Ich fand es nicht zu viel.

Richtig gefreut habe ich mich über den Brief von **Jochen**, dessen Website (https://groschenhefte.net/) und Publikationen unter dem

Namen ›Grusel, Grüfte, Groschenhefte‹ legendär sind und den ihr mittlerweile auch auf Facebook findet (https://www.facebook.com/gruselgrueftegroschenhefte). Sobald ich Zeit finde, werde ich auch für GGG einen Text über Isaac Kane schreiben, um den mich Jochen freundlicherweise gebeten hat.

Eigentlich versuche ich ja eher, den Presse-Grosso im Auge zu behalten, aber es wäre wirklich ärgerlich gewesen, wenn ich die Serie gar nicht kennengelernt hätte. Ganz ehrlich: Deine Ziele bei der Serie hast Du aus meiner Sicht mit Punktlandung erfüllt! Isaac Kane ist »retro«, ohne altmodisch zu wirken. Die Serie ist Grusel, ohne unnötige Brutalitäten. Die Figuren sind »typisch Heftroman«, aber nicht platt und Dein Schreibstil macht es einem leicht, geradezu durch den Roman durchzurauschen. Die ersten drei Romane waren beste Unterhaltung, Band »Null« ein Highlight – ich bin aber froh, dass ich ihn erst nach Band 1 gelesen habe. Und was den Preis betrifft: für Selfpublishing wirklich fair.

Mir bleibt nicht viel mehr, als mich errötend für das große Lob zu bedanken.

Schließen möchte ich für heute dann mit einem letzten Brief, der mich per Mail erreicht ist. **Dirk** schreibt:

Ursprünglich habe ich Deine Serie nur gekauft, um das Projekt zu unterstützen. Mittlerweile habe ich sämtliche Geschichten verschlungen, und kann Dir nur ein Kompliment aussprechen. Du schaffst es tatsächlich, das 80er Gruselroman-Feeling in die Neuzeit zu transportieren und es macht Spaß der Entwicklung von Isaac und der Abteilung zu folgen. Nicht alle Geschichten haben mir gleich gut gefallen. Aber speziell die Ausgaben 6, 7 und 8 fand ich richtig gut, vor allem wegen der sich anbahnenden Verwicklungen und Hintergründe. Weiter so:)!

Doppelter Dank, Dirk. Zum einen natürlich, dass du die Serie unterstützt, was gerade für Self-Publisher wichtig ist. Und natürlich freue ich mich, wenn gerade mein Ziel, die Hochzeit des Grusel-Heftromans aus den 70er und 80er Jahren einem heutigen Publikum näher zu bringen, gut ankommt. Dass nicht jedem jeder Band gleich gut gefällt, ist auch klar. Ich hatte bei meinen Lieblingsserien auch Bände, die ich nie wieder angefasst habe, während andere immer wieder mal auf meinen Lesestapel zurückgekehrt sind. Ich bin gespannt, wie dir die weitere Entwicklung gefällt.

Vielen Dank für eure Treue und bis zum nächsten Mal!

Vorschau

»Dämonenjäger Isaac Kane« – Was ist Gagdrars Plan und wer sind seine nächsten Ziele? Mit Diego fehlt für den Moment eine wichtige Stütze – ist Ingrid in der Lage, zu helfen? Hält Tom Siegel dem Druck stand, dem er ausgesetzt ist? Das Team nähert sich einem finalen Wendepunkt und nicht alle haben in diesem Kampf die gleichen Chancen. Verpasse auf keinen Fall Band 10:

Immer wieder werden in London grausam zugerichtete Leichen gefunden. Der Polizei ist schnell klar, dass der Täter kein Mensch sein kann, und sie schaltet die Organisation um Ian West ein. Die Spuren scheinen eindeutig – ein Werwolf hat sich die Hauptstadt als Jagdrevier ausgesucht. Doch da ahnen die Männer um Isaac Kane noch nicht, dass ihnen von höheren Mächten eine Falle gestellt wurde, die sie in eine Katastrophe führen wird.

In wenigen Wochen erscheint mit »Der Tod des Jägers« der erste Teil eines Doppelbandes. Was ist mit Ian West? Ist Nicolai Byron als Feind zu sehen, oder sollte man mit ihm kooperieren? Wer ist Freund und Feind in diesem Spiel der Kräfte? »Der Tod des Jägers« – Begleite Isaac Kane auf seiner Reise in die Welt hinter den Schatten ...

Die Baghnakh

Isaac Kane erhielt die Baghnakh von Chris van Buren in Band 2, nachdem Ian West sie für ihn angefertigt hatte. Hier ein Ausschnitt aus dieser Szene:

Ich sog die Luft durch die Zähne, als ich sah, was sich darin befand. Bei meinen Ausgrabungen hatte ich schon mehrfach eine Baghnakh gesehen, aber noch nie eine so individuelle. Die ›Tigerkralle‹, wie sie auch genannt wird, besteht aus einem flachen, handbreiten Eisen. An der Seite sind Ringe befestigt, um sie wie einen Schlagring zu führen. Am unteren Ende der Tigerkralle, die mir Chris hier zeigte, war ein geschwungener silberner Dolch mit mythologischen Zeichen angebracht. Wenn man die Kralle in der Hand hielt und die Faust ballte, zeigte der Dolch nach unten. Eine Besonderheit war der Teil, der in der Hand verborgen war, wenn man die Finger schloss. In der Regel waren auch hier eiserne Spitzen oder Klingen angebracht, aber es waren schwarze, geschwungene Krallen montiert worden. Mich beschlich ein Gefühl, etwas, das sich wie ein dunkler Schatten über mich legte. Ich sah Chris an.

»Sind die Krallen das, was ich denke?«, fragte ich.

»Falls du wissen willst, ob es die von Gagdrar sind: Ja, sie sind es. Deshalb hat West die Klaue mitgenommen, um diese Waffe für dich bauen zu lassen.«

»Aber was ist das Besondere an der Waffe? Der Dolch, die Krallen oder alles zusammen?«

»Es ist das Zusammenspiel«, antwortete Chris. »Die Platte ist geweiht, ebenso der Dolch, der aus gehärtetem Silber besteht. Beides zusammen sorgt dafür, dass die Energie in den Krallen umgekehrt wird. Das bedeutet für dich, dass du nicht Gefahr läufst, durch dämonische Magie verletzt zu werden, aber im Nahkampf kannst du, falls es dazu kommen sollte, den Dolch oder die Krallen benutzen, um jeden Dämon zu töten oder zumindest stark zu schwächen, je nachdem, wie mächtig er ist.«

Für alle, die sich fragen, wie die Tigerkralle eigentlich aussieht – **Thomas Greiwe** hat hier eine sehr schöne Variante gezeichnet.

Und wer mehr über diese Waffe und ihren geschichtlichen Hintergrund wissen möchte, dem empfehle ich eine Google-Suche nach "Baghnakh":

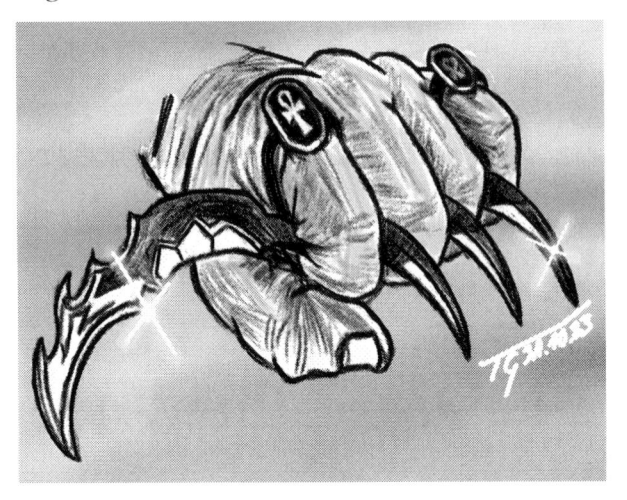

Zum Autor

Ulrich Gilga, Jahrgang 1969, liebt zwei Dinge ganz besonders: das Lesen und das Schreiben. Schon als Kind tauchte er in die Welten von Autoren wie Jules Verne oder Karl May ein. Alles, was spannend klang, wurde verschlungen! Gilgas Kindheit war geprägt davon, eigene Geschichten zu erzählen, Welten zu erfinden und Menschen damit zu begeistern. Natürlich spielten die ersten Storys dort, wo er sich auskannte: In den Tiefen des Meeres, auf dem Weg zum Mittelpunkt der Erde oder im Wilden Westen.

Doch dann ereilte den jungen Autor ein Weckruf, dem er sich bis heute nicht entziehen kann: Die ZDF-Reihe »Der phantastische Film«, in der Vampire, Werwölfe, Außerirdische und Monster regelmäßig im Fernsehen ihr Unwesen trieben. Grusel, Horror und Fantasy – dafür schlägt sein Herz.

Die Entdeckung des Grusel-Heftromans war da nur eine logische Konsequenz. Wann immer es Gilga möglich ist, nutzt er die Möglichkeit, sich aktiv an der Entwicklung der Serien zu beteiligen, sei es durch Leserbriefe mit Vorschlägen oder durch selbst verfasste Kurzgeschichten. Autoren wie Stephen King, H.P. Lovecraft, Clive Barker oder Dean R. Koontz sind auch aus seinem Bücherregal nicht wegzudenken. Genre-Fans werden auch die eine oder andere augenzwinkernde Hommage an die großen Meister in Gilgas Werken entdecken.

In Wirklichkeit arbeitet Ulrich Gilga allerdings in einer leitenden Position in einem deutschen Großkonzern. Das Schreiben gehört zu ihm wie seine Familie. Mit seiner Frau Andrea Hagemeier-Gilga, selbst Autorin und Filmemacherin, sitzt er oft zusammen und brütet Ideen für neue Geschichten, Serien oder Filme aus – immer umgeben von ihren Katzen.

Mit »Dämonenjäger Isaac Kane«, seiner Hommage an die Horror-Heftromane der 70er- und 80er-Jahre, begeistert er alteingesessene Genre-Liebhaber und solche, die es werden wollen. Gilga schafft eine Brücke zwischen alter Tradition und Modernität – seine Werke sind als Einstieg in die Phantastik durchaus auch für jüngeres Publikum geeignet.